我已与一万亿株白桦相逢

西伯利亚铁路纪行

胡成 著

四川文艺出版社

果麦文化 出品

目　录

01　那里有熏暖的海风吹来 ------------------------------- 001

02　如果游荡在符拉迪沃斯托克的只是我的灵魂 ------- 010

03　仿佛我们等待的列车永不会到来 ------------------- 024

04　她也喜欢踩上落叶的声音 ----------------------------- 039

05　只有我们才是彼此一瞬而过 ------------------------- 057

06　那里林木疏朗，草甸越过河水漫延天际 ---------- 072

07　我的院子里就是无尽的西伯利亚 ------------------- 085

08　没有叶片，只有叶柄 ----------------------------------- 096

09　一股来自西伯利亚的冷空气 ------------------------- 112

10　咫尺之外，便是无尽的海 ----------------------------- 127

11　独自迎着贝加尔湖清冷的风 ------------------------- 142

12 我知道那一如她年轻时的味道 ⋯⋯⋯⋯⋯⋯⋯⋯⋯ 157

13 我的旅行只是一座又一座城市漫无目的地游荡 ⋯⋯⋯ 172

14 他谁也不看一眼，谁也不说一句话 ⋯⋯⋯⋯⋯⋯⋯ 187

15 只因此一见 只需此一见 ⋯⋯⋯⋯⋯⋯⋯⋯⋯⋯⋯ 206

16 世界只剩下舷窗外漫漶在一起的颜色 ⋯⋯⋯⋯⋯⋯ 218

17 直到我不得不离开 ⋯⋯⋯⋯⋯⋯⋯⋯⋯⋯⋯⋯⋯ 232

18 是的，西伯利亚海 ⋯⋯⋯⋯⋯⋯⋯⋯⋯⋯⋯⋯⋯ 247

19 十五度 ⋯⋯⋯⋯⋯⋯⋯⋯⋯⋯⋯⋯⋯⋯⋯⋯⋯⋯ 259

20 一天的雨与寒风之后 ⋯⋯⋯⋯⋯⋯⋯⋯⋯⋯⋯⋯ 279

21 我已与一万亿株白桦相逢 ⋯⋯⋯⋯⋯⋯⋯⋯⋯⋯ 291

22 尾声 ⋯⋯⋯⋯⋯⋯⋯⋯⋯⋯⋯⋯⋯⋯⋯⋯⋯⋯⋯ 305

01

那里有熏暖的海风吹来

半个世纪以后，在城南的雅尔塔斯卡娅汽车站（Ялтинская）下车。旅馆就在公交车站不远处，一栋临街的赫鲁晓夫楼的二楼。

所谓旅馆，不过是没有经过任何改造的四居室民居而已。除一间兼作厨房与起居室的客厅，其余三间全作客房，东侧临街的两间三张双层床，另一间两张双层床。十六张铺位已将住满，俄罗斯人、蒙古人、韩国人，还有中国人——清晨起穿过珲春、穿过克拉斯基诺（Краскино）、穿过斯拉夫扬卡（Славянка），穿过这座城，直到日暮时才赶到的我。

克拉斯基诺。

俄罗斯克拉斯基诺海关，简陋得几近寒酸。在浓密林叶遮蔽的贯穿国境线的泥土道路尽头，忽然一片开阔的草地，一方人工开辟的砂石广场，一柄孤独的旗杆，一面褪色的俄罗斯国旗，一栋没有窗的集装箱般的建筑，一切都淡漠得仿佛是俄国人的心存故意。

老旧黯淡的海关里，俄国关员面沉似水。结冰的水，即便投之以微笑，微笑也只是在冰面上弹跳而起，不会回馈以半丝半缕的涟漪。

克拉斯基诺口岸

人们沉默地填写入境卡（Миграционная Карта），沉默地接受护照查验。沙色头发与灰蓝色眼睛的女关员，仅以唇彩的鲜红表达她服务的热情，验明正身与真伪，沉默地在签证页盖上一枚蓝色的入境戳。

只有安检机传送带吱哑作响，尽头站着冷漠的俄国警察，牵着比警察本身还要庞大与冷漠的警犬。我平静地站在他们面前，志忑却在心里张牙舞爪。我怕极了正通过安检机的行李会变出些违禁品来陷害我，那样的话警犬一定冷漠地把我肢解。

偏偏盯着安检机屏幕的海关人员叫停了我，示意我开包检查。检查完毕的人们同情地看着我，我已经感觉到警犬沉重的喘息。高瘦的检查关员反复比照屏幕与敞开的背包中的物体的位置，确定的可疑物是我盛放胶卷的铅袋。铅袋无法清晰呈现内容物，我忙不迭地谄笑着请他检查，恨不能扯出胶片来自证清白。

有惊无险，我最终得以带着我的入境戳离开。

蓝色的入境戳，纹案是一辆款式老旧的蓝色客车。

斯拉夫扬卡。

斯拉夫海湾(Славянский Залив)岸边的斯拉夫扬卡，下起了雨，灰黑色的雨云如硝烟一般飘散过来，我感觉有些慌张。

镇里长途车站候车厅外的空场上，聚拢着许多人。下午三点最后一辆由斯拉夫扬卡发往符拉迪沃斯托克(Владивосток)的客车，却已不再有剩余的车票。

清晨在珲春汽车站，早早挤在售票窗口的几个学生模样的年轻人有些犹豫不定。最早直达符拉迪沃斯托克的客车，要在十一点以后售票，下午发车。那样的话，五六个小时的车程之后，到达符拉迪沃斯托克将是深夜。攥着票款的男学生想在斯拉夫扬卡转车，然而女学生们决定还是再等等，她们不愿意麻烦。

他们的争执倒是替我做了决定，我不想深夜到达一座陌生的城市，甚至是在国内，我也希望能够在天黑前住定，这样才让人安心。司机大而化之地告诉我，斯拉夫扬卡去符拉迪沃斯托克的客车有很多，但是事实上，在被三个小时的时差将时间迅速拉至下午的斯拉夫扬卡，只有一辆车票早早售罄的客车。

又下起了雨。

侥幸的是，在候车厅里遇见两位同车而至并且也将去往符拉迪沃斯托克的中国人。

其实如果不是他们，我甚至找不到隐蔽在另一栋楼里的售票处。他们拯救了我，他们带着我这个累赘跳上一辆还有空座的延吉发往乌苏里斯克（Уссурийск）的旅行团团车。虽然并不直达符拉迪沃斯托克，但是乌苏里斯克与符拉迪沃斯托克之间交通便捷。他们久经此路，一切熟悉。团车停站休息时，听闻车上一位精瘦的俄罗斯年轻人询问司机能否在分道前往乌苏里斯克与符拉迪沃斯托克的三岔路口处停车——年轻人也是要去符拉迪沃斯托克，有朋友开车来接他，等在那里——他们当即与年轻人谈妥，付费请他的朋友载我们同往。

于是在那座公路桥后的三岔路口，我们看见了他朋友那辆破旧的二手日本轿车。我们飞奔而去，我们把自己塞在后排座位，我们唱着歌儿看见了海边那座明艳的符拉迪沃斯托克。

晴朗的符拉迪沃斯托克，已是深秋，却还有盛夏的阳光。

我们同在城北汽车站下车，他们的目的地是车站近旁两人称之为二道河子的市场。几乎被中国与越南商贩瓜分的市场，游走其间的除却俄国顾客，还有一些充当力工谋生的朝鲜人。

越南人的地盘里，出售各种小商品，衣装日用之类。再者就是装饰简陋的美容店与刺青店，店门前聚集着身穿短衣、露出满身纹绣的越南男人，抽烟聊天。不时游走过戴着越南尖顶斗笠的女人，用越南语叫卖着手推车里可以即时冲调的越南咖啡。

有些恍惚，我出国境之北，却如身在国境之南。

他们带着我穿越俄国的越南，在市场深处找到一间中国人开的朝鲜饭馆。是他们熟悉的餐馆，胖大厨面对着电视端坐在饭馆正中，桌上一杯加冰块的咖啡，在电视嘈杂的俄语声中安静地看着大屏幕手机上字体硕大的中文小说。

一份萝卜牛肉汤饭，两百卢布，泡菜与米饭免费。

我有些愚蠢，我怎么能在盛夏的下午吃一份摆在面前时依然沸腾着的汤饭？而且丝毫没有为俄国人改良过口味，重辣。吃得我有些狼狈，我几乎用尽了饭馆里所有的纸巾来擦汗。

趁他们出门找朋友叙旧的空当儿，我用去年来俄罗斯时结余的卢布一并付清了所有饭钱，算是我的微不足道的谢意。

他们送我到市场外，觉得完全不懂俄语的我未免寸步难行，所以想替我找一辆出租车送我直达目的地。但是，停在路旁的出租车要价七百卢布，远远超过他们根据既往经验认为公道的四百卢布出价。无论他们怎么还价，俄国司机也决不让价。

司机先生们宁可从戴斗笠的越南女人那里买一杯咖啡，然后坐在灌满阳光的车里翻看报纸，也不愿意接受我觉得已经很是昂贵的五百卢布出价。

好在按照旅馆预留的指引，我找到了可以直达旅馆的81路公共汽车。

十八卢布。

看到贴在车厢里的路线图，我才知道两地之间有多么遥远，几乎是从始发站到终点站，南北纵贯整座符拉迪沃斯托克城。而且，几站之后，我也理解了出租车司机们的不情愿，进城的道路一如晚高峰时北京城的二环路。

半个世纪以后，我才躺在了我的床上。

下铺学生模样的俄罗斯人，始终盘腿坐在床上，捧着电脑，看电影或者玩游戏。他与另一张下铺的俄罗斯人似乎长住于此，管理员不在的时候，兼起主人的职责，接听电话，为我开门，安排床位。

他的朋友或者厮混在他的床上一同盯着电脑，或者是走到临街的阳台上抽烟。入夜以后，不声不响地独自出门，买回一只掷地有声的

堵在路上的81路公共汽车

冻鸡，白水煮了，端到阳台上满是烟蒂的方桌上。与他分食那只态度软化的白煮鸡的，是住在四人间的一位矮个子俄罗斯姑娘。后来他们倚在一起抽烟，眺望着遥远处壮阔的俄罗斯岛大桥（Русский Мост）。那里有熏暖的海风吹来，穿过客房，我的床头有一束新买的百合花。

　　夜深才归来的矮壮的蒙古人，准确说是蒙古人种的俄国人，看来是在旅馆住宿最久的房客。他热情地与每个人打招呼，也热情地与我这唯一的陌生人握手。手如熊掌一般强壮有力，却遍布伤疤。一同归来的，还有他的妻子与一对女儿。妻子与她的大女儿沉静腼腆，半米长的小女儿却异乎寻常地活泼，赤脚冲进客厅，爬上沙发，弹跳着打开新买回来的糖果与巧克力。

胡子半寸长的年轻的韩国人，也是独行的旅人。他从蒙古国入境俄罗斯，在伊尔库茨克（Иркутск）折而向东，由哈巴罗夫斯克（Хабаровск）来符拉迪沃斯托克，恰与我的方向相反。他的英语很好，这让我们多少能聊上几句，可是韩国口音浓重，我的英语又糟糕到不足以剔去口音听清本来的语句，所以谈话无法深入。我只是知道，他明天将要离开。

另一位韩国大叔，穿着最老款的白汗布背心，蓝布大裤衩，全神贯注于手中的一本俄语入门小册子。他完全不像游客，可是又像什么呢？

远眺俄罗斯岛桥

其余的俄国房客，轮流做饭，姑娘们虽然只是在吃着简单的沙拉和水果，可是身体依然不可遏止地壮硕起来。管理员伊娜（Инна）最晚回来，能说流利的美国腔调的英语，告诉我所有关于住宿的注意事项。韩国大叔不能说英语，但是她却可以用简单的韩语与他交谈，看来韩国是旅馆最主要的外国房客客源地，甚至盥洗室墙上的告示也以韩语写就。

从公交车站走来旅馆的路上，没有看到任何餐馆。比起81路公共汽车穿过的繁华市区，旅馆所在的雅尔塔站附近已经很是偏僻，找不到支持我的银行卡网络的取款机，即便有餐馆我也不再有卢布结账。

所以我没有晚餐，也没有人打算和我分享。我悻悻然躲到客厅外的主阳台，阳台上摆着洗衣机充作洗衣房，衣架上晾满女孩子们性感的内衣。西侧遥远处也是海，是没有海港的外海，于是只有一片开阔的夜晚，一片开阔的星空，我只认得北斗星，近在触手可及的地方。

我反刍着下午牛肉汤饭残余的味道充饥，离开饭馆时，买菜回来的老板娘在门前微笑着与我说：祝你好运。

运气好的话，等大家都睡了以后，我也许可以从冰箱里偷点吃的。

饥饿让人很难入睡。

我并非没有在午夜之后潜入客厅，但是发现伊娜就睡在客厅沙发上。行窃未遂，我有些沮丧，我似乎已经把所有的运气都用在了来时的路上。

下铺的学生还在熬夜玩游戏，激动地把床摇得花枝乱颤。而且旅馆的房间为什么没有窗帘？窗外明亮的路灯正照着我的床。我向左侧翻身，灯光可以穿透我的眼睑；我向右侧翻身，被灯光映射的惨白的墙又在思想中难以忽略。

还有路上不时疾驶而过的汽车，姑娘走后就一直坐在那里沉默不语的俄罗斯人，却打开阳台的房门吹风。当然关门也阻隔不了几分噪音，那噪音共振着思想中惨白的墙，粉尘飞扬。

　　我想起清晨在珲春醒来，窗外暴雨如注。

　　后来离开的时候，雨也颇有分寸地退去。

　　街上满是积水，一片狼藉。

　　一片寂静。

　　还有昨夜在旅馆对面的街角，直到夜深的叫卖声：

　　"雪花梨贱卖，雪花梨贱卖，又甜又脆的雪花梨贱卖，嘎嘎甜的。"

02

如果游荡在符拉迪沃斯托克的
只是我的灵魂

　　过去的，若干世纪之前风格的符拉迪沃斯托克火车站，看起来不像是西去遥远的西伯利亚铁路（Транссибирская Магистраль, Транссиб）的起点，更像是通往过去某个世纪的，关于时间旅行的火车站。

　　淡黄色涂刷的砖石墙体，绿色的俄罗斯木屋式样的尖顶，自一九一二年最后改建为现在的模样以后，这座火车站看见的唯一改变，可能就是站前马路对面的坡上，某年浇铸的那尊青铜列宁雕塑在某年之后，身前日渐清冷，身上日渐黯淡。

　　至于从列宁的角度俯瞰过来，旧日情调的火车站，大概从来都是该死的应当打倒的没落的贵族。然而令人愤怒的是，没落的贵族门前却依然熙熙攘攘。

　　一百年来，天知道有多少旅客在熙熙攘攘中离开现在，回到过去？

　　他们留下的足迹叠加在一起，是火车站石质的每一级阶梯与每一方地板上的每一处光滑的坑凹。

　　一浅掌的坑凹，是真实可见的一百年。

俄罗斯横贯十一时区。

西伯利亚铁路终点，远东滨海边疆区（Приморский Край）首府符拉迪沃斯托克，与遥远欧洲的铁路起点莫斯科，时差七个小时。即便如此，这样的时区设置依然不足以准确表达俄罗斯国家的广大，依然不足以准确表达俄国人的作息。

上午十点，当我离开旅馆的时候，我见着的还是清晨。

四处空无一人，仿佛不过是有阳光的夜晚而已。空无一人的街道，空无一人的公园，空无一人的公交车站，空无一人的81路公共汽车。

我担心整座城市还没有醒来，所以我在火车站前下了车。去哈巴罗夫斯克的列车车票总是要买的，不如用来打发我误认作是清晨的上午时间。

而事实上，我见着的清冷，只是旅馆所在太过偏僻，售票厅里早已满是准备离开的人们。

可是所有售票窗口紧闭，空无一人。我完全不明就里，也无从打听。唯一有人值守的问询柜台后面，坐着的并不是没落的贵族，坐着的是愤怒的无产阶级。她应当是不会说英语，回答我问询的每个俄语音节都充斥着不耐烦。我仓惶离开，自己在售票窗口前钻研半晌，这才略知其然。

每个售票窗口旁都张贴着一张告示，密密麻麻地打印着许多行间隔为十五分钟的起止时间，我猜想那应当是售票员的休息时刻表。果不其然，片刻等待之后，最近的一段休息时间已过，仍然没有开放的售票窗口也让等待的俄国人感觉愤怒。一直站在窗口前的年轻姑娘，手指时刻表高声质问路过的工作人员。

我不觉得离开现在与回到过去对她有多么重要，我只是觉得她年轻到必然没有经历过苏联时代。

与我同坐在窗下长椅上的老人，心平气和，阳光打印下她的身影，不慌不忙地等候在更老的地板上。苏联时代过来的人，早已经懂得排队就是生活的一部分，着急与不满并不能让生活变得更好。

我也不着急，虽然我同样没有经历过苏联时代。之前，我已经在站前广场近旁的银行兑换了大笔的卢布，我已经在站前广场生吞活剥了两条热狗。作为一个吃饱了的有钱人，我为什么要着急呢？

我觉得我就像是坐在小白桦商店里的苏联高级官员，门外有我的吉姆牌（ЗИМ）小轿车。

当然所有售票员最终还是来了，我买到了明天傍晚开往哈巴罗夫斯克的列车车票。

回到火车站前的公交车站，我决定随便搭乘一辆公共汽车在符拉迪沃斯托克闲逛。可是却错过了开来的第一辆公共汽车，那时候我又去了中亚人出售食物的亭子，吞下了第三条热狗。

我饿坏了。

幸好有相对便宜的几十卢布的热狗充饥，这让我省下不少午饭钱。午饭在一家商场顶层的餐厅，我决定像一个南方人那样在午饭的时候吃一餐米饭。唯一由米制成的食物，是乌兹别克人的抓饭，不料却是称重出售的，而且精确到克，两勺便要一百二十卢布，两条热狗的价格。

我吃得很克制，完全不像一个胖子。

西伯利亚铁路的终点火车站及其相邻的海港，是符拉迪沃斯托克建城的起点。

城市如南来的海风，缓缓向北拂上缓坡。最核心的，也是我最爱的，正是坡上南北向的两条大街。一是81路公共汽车南下时直达火车站前的阿列乌茨卡娅大街（ул. Алеутская），一是81路公共汽车北上时的海洋大道（Океанский Проспект）。

如果游荡在符拉迪沃斯托克的只是我的灵魂，不用担心被汽车碾死的灵魂，我希望我可以坐在海洋大道的最高处，眺望街道尽头城市广场外的宁静的海。

那是符拉迪沃斯托克最美的景色，白色的街道仿佛将流入海的河，河道两旁遍布这座城市最初时的建筑。

那些见证了这座城市全部历史的建筑，无论多么衰老，墙垣破旧，仍在那里。

更久远的历史，属于大清国。直到一八六〇年（咸丰十年），大清国最终失去远东这片辽阔的土地。而中国人，却始终用着旧日的名字称呼俄国人的符拉迪沃斯托克——海参崴。

归属俄罗斯帝国之后的海参崴，依然生活着许多中国人。海洋大道，我最爱的符拉迪沃斯托克最美的海洋大道，在一九〇七年更名之前，即因街道两侧住满中国人，而俗称为"中国街"（Китайская）。

马员生，曾在苏联肃反期间被捕，流放西伯利亚前后二十五年之久的中国共产党员，在他的回忆录《旅苏纪事》中，写到一九二七年他在海参崴，准备搭乘西伯利亚铁路列车前往莫斯科东方大学（Коммунистический Университет Трудящихся Востока）留学之际，所见到的符拉迪沃斯托克：

　　"海参崴"是中国名称，俄语名叫符拉迪沃斯托克，
是"镇东"或"平定东方"的意思。十月革命后，这座城曾

海洋大道

被美、日军队占领过，是国内战争后期一九二二年才解放的。此城解放才四年，已经完全恢复了经济和秩序，确实成为苏联远东的军事、政治及经济的中心了。当时听说这里的人口主要是俄罗斯人，也有一些少数民族，其次是中国人和朝鲜人。俄、中、朝三个民族的人口比例大概是四比三比三。

北京旅馆是个不大的三层楼建筑，据说原是沙俄时代的私人旅馆。现在住的人不多，旅馆内供应膳食，可以在那里吃饭，但早晚的饭食比较简单。我们一般只在旅馆用午饭，其余按饭馆里一位中国老头的建议，到外边中国饭馆吃。街上到处可以看到中国人开的食品店，质量不错，价钱也不贵。……

旅馆里有一位给客人洗衣服的中国老头，是一个老华侨了，山东人，俄语讲得很流利，可惜我不懂。他问我们有没有带中国大洋，可以多换卢布。据说中国人在那里挣的卢布不能带回国，宁愿多出钱换银元。……

海参崴的中国人确实不少，在一个区域内相当集中。我们在那里看到有中国戏院。如果人数少，是办不起戏院的。还有中国澡堂，商店就更不用说了。我看到了在卖灶爷及门神爷的画，知道快过阴历年关了。

可是现在的符拉迪沃斯托克，除却几家建在俄罗斯风格建筑中的中国餐馆，除却街道上偶尔看见的中国商人或者游客的面孔，已经不再有什么中国人留下的印迹。或者说，全无中国人曾经生活在这座城市的印迹。

马员生笔下那句"十月革命后，这座城曾被美、日军队占领过"，占领者中还有英国——武装干涉十月革命并且占领符拉迪沃斯托克的，是以日本为主导的日本与英美军队。一九一八年四月，日本等国联军以当地日资设施遇袭为借口，进驻符拉迪沃斯托克。

四年的占领，以及之前与俄罗斯帝国贸易的"日资"，让日本在符拉迪沃斯托克留下远远多过中国的印迹。比如阿列乌茨卡娅大街39号，建筑于十九世纪末与二十世纪初，曾经的日本堀江商店、濑能商店与大田商店旧址的那栋红砖楼；比如海洋大道7号，砖石森然的一九一六年至一九四六年期间的原日本总领事馆。

重要的是，日本人仍然在不断强化这些印迹。我之所以知道这些建筑的历史，是因为在如堀江商店之类的所有与日本相关的建筑之上，都嵌着一面俄日双语的资料铭牌，并且标注在铭牌上的制作时间，

阿列乌茨卡娅大街

福金海军上将街（ул. Адмирала Фокина）铁路桥

统一在并不久远的二〇〇六年。

至于什么北京旅馆，也许仍在那里，但是又在哪里？全无踪迹，也无迹可寻。

旧日本总领事馆大楼，维修粉刷之后，宛若新建，现在是滨海边疆区法院民事审判庭（Здание Гражданской Коллегии Приморского Краевого Суда）所在。相形之下，堀江商店那栋红砖楼，早已人去楼空，同样不断抬高的阿列乌茨卡娅大街路基，也让砖楼一层半在地下。但是，在建筑的身体上，并没有被涂刷上我们常见的白灰圆圈里的"拆"字。没有什么旧城改造，没有什么危房拆迁。如果愿意，垂死之人尚且可以竭尽全力令其苟延残喘，何况砖石的建筑？

海洋大道尽头与海洋之间，是符拉迪沃斯托克的城市中心广场。

广场上有作为城市标志的远东苏维埃政权战士纪念碑，一九六一年建成的这组雕塑中的战士们，愤怒地面朝大海。

主雕塑基座上，站着一个清瘦的醉酒的酒鬼，同样的愤怒，愤怒地演讲。

只是没有人在意他们的愤怒，纪念碑前是露天的集市，人们只关心食物与价格。集市上有俄国人喜爱的所有食物，蔬菜水果，自制的泡在塑料水桶里的酸黄瓜，冰冻的海鱼。

没有嘎嘎甜的雪花梨。

出售食物的，有中亚与高加索的穆斯林、朝鲜人、蒙古人，俄罗斯人似乎只出售蜂蜜与鲜肉，还有香肠与腌猪肉，那么肥腻的腌猪肉。

所有食物都有人们爱它们，当然最受宠爱的还是各种肉食。卖香肠的摊子前，挤满壮硕的俄罗斯女人。做肉食生意的，首先要在身材

中心广场集市上的水果摊

远东苏维埃政权战士纪念碑

上有压倒顾客的气势，那也算是不落言筌的广告。她手中有一柄锋利的刀，可以轻而易举地片下一片香肠或者腌肉，先尝后买是放之四海而皆准的生意经。

我也挤在其间，我们是如此快乐，我们都觉得最好的滋润就是来一块肥腻的肉。

这是遥远而寒冷的北方，俄国人的生存逻辑。

晚上，蒙古人种的俄国人指着地图，我才知道他原来是来自雅库茨克（Якутск）的雅库特人。天哪，我用震惊的重音重复着：雅库茨克，喔，雅库茨克！

我知道那里，我曾经梦想不畏死亡地在冬天去到那座建筑于永久冻土层的世界上最寒冷的城市，但是我没有足够的勇气与外套。能与一家雅库特人住在同一屋檐下，简直是我的荣幸。

他也很高兴我能知道雅库茨克，立刻用手机打开我在国内曾经听闻但从不能确定其真实存在的视频网站，给我看他拍下的雅库茨克的冬天。他带着温度计，踹开冻紧的房门，门外一片眩目的光。相机喘息半响，才找回正确的曝光。而温度计上显示的数值是：零下五十八摄氏度。

身在气温比那天的雅库茨克温暖九十摄氏度的今天的符拉迪沃斯托克，虽然他也觉得燥热，光着脊梁，但是他给自己以及女儿们的食物，依然是那天的雅库茨克式的。

切片面包，涂上黄油，洒满碎肉香肠，再铺上起司片，微波炉加热以后，融在一起的简直就是爆表的热量。可是，没有这些热量，又怎么能熬过雅库茨克平均气温将近零下四十摄氏度的冬天？

我能理解那些腌猪肉何以如此肥腻。

雅库特人的小女儿

　　昨天的匮乏与饥饿，让我今天回来的时候，在超市买足了食物与水。

　　食物是一袋俄国式的鱼肉饺子，没有更好的选择，但这总好过令人厌恶的方便面。

　　虽然韩国大叔放下了他的俄语入门小册子，但我觉得彼此之间依然没有交流的可能。我不会韩语，他不会英语。却没有想到他用中文问我："你是中国人？"

　　我竟然一时想不出该怎么用中文回答他。

　　韩国大叔一九九六年曾经在北京大学进修一年，可以说有限的中文，但是极为生涩。我只能勉强知道，他在符拉迪沃斯托克的这家旅馆已经住了一个月，并且打算继续逗留两个月，然后再回首尔的家。

至于为什么住在符拉迪沃斯托克这么久，大概意思是为着考察某方面的市场。

我很想吃他的晚餐。

餐桌下有他自备的一只电饭锅——果然是长住于此——有半锅中午吃剩下的米饭。用饭铲把米饭盛在碗里，饭锅是抱在怀里的，这样可以把那些粘在饭锅上的米粒铲干净。

碗里的米饭，拌上黄油，不再加热。然后从冰箱里取出一罐泡菜，"海鲜泡菜，自己的，韩国来的"，他如是告诉我。

虽然很简单，但这却更像是合我胃口的中餐。

还有一罐葡萄酒，给我倒上满满一杯。雅库特人是不屑于这种水果饮料的，他有他的大瓶啤酒。我的饺子也煮熟了，满满一锅，自然需要三人分享。

我用公用的勺子，舀起饺子空口吃，想着没有酱油和醋。

韩国大叔有自己的筷子，夹起饺子蘸他的韩国辣酱吃。

雅库特人有擅使的叉子，叉起饺子蘸着不知道是谁的沙拉酱吃。

我有些想笑，我觉得这袋饺子可能最后也搞不清楚，自己究竟该被如何吃掉？

伊娜回来以后，有些不高兴，因为旅馆里是不允许喝酒的。

我的脸红得发热，不是因为难堪，也不是因为喝酒，而是我在今天，这深秋的符拉迪沃斯托克，晒伤了。

03

仿佛我们等待的列车永不会到来

看见我手气极好地买中207次列车车票，负责安检的工作人员用俄语详细地向我解释着什么。我知道我一定是遇到了什么麻烦。看见我一脸茫然，好心的她又用俄语缓慢地重复一次——仿佛慢速俄语是人类共通的语言。

终于在电子公告板上看到人类共通的数字，我才明白，傍晚开往哈巴罗夫斯克的俄罗斯铁路207次列车，笃定地晚点三个半小时。这样开始我的西伯利亚铁路之旅，实在令人沮丧。延迟至午夜的发车时间，会让我错过原本我以为可以看见的九千二百八十八公里西伯利亚铁路最初几公里、几十公里，甚至上百公里的风景。虽然黎明也将在哈巴罗夫斯克更远处到来，弥补我同样距离的风景，但是再奇异的过程，也难免会让人以为不如最寻常的开始。

符拉迪沃斯托克入夜极晚，极晚的夜也最终垂拢在北侧的窗外。其他所有车次都在正点发车，人们不断地离开。而该死的207次，晚点三个半小时之后，电子公告板显示再晚点四十分钟，然后，车次忽然消失。

我完全不知道这意味着什么？是继续晚点至不确定的时间？还是车次取消？

候车厅里，前排妖娆的黑发格鲁吉亚女人，头枕在她的金发女儿肩头，已经昏昏欲睡。仿佛我们等待的列车永不会到来。

俄国人似乎对于俄罗斯所发生的一切都可以坦然面对，但是与我坐在一起的一队人数众多的韩国老年旅行团却躁动起来。年纪不允许他们在奔波的旅途中熬夜候车，许多人沉沉睡去，然而更多的人开始痛恨俄罗斯。

女导游购买食物与水安抚他们的情绪，男导游与地陪旅行社的俄国翻译不断往返候车厅，传达从车站方面得到的最新消息。

男导游可以说非常流利的合众国英语，于是我才知道207次列车晚点是因为机械故障，正在抢修。至于什么时候可以修好，也许很快，也许几个小时，也许明天早晨。

这样涵盖所有不确定性的回复，是基于他自己的判断。他告诉我车站方面的答复始终是"很快"，可是，"You know, I don't believe Russian."

极度的困倦已经让我意识迷离，昨夜折磨我的不仅只是光如白昼的路灯、汽车的噪音以及花枝乱颤的床，还有床头的那束百合花。花粉让我严重过敏，晒伤的脸也疼得难以忽略，这让我几乎通宵辗转在似睡非睡之中。

后来可能睡了片刻，但是远东的夜如此短暂，再睁眼时灯光已换作阳光。

那时候还很早。

胡子半寸长的韩国人离开后空出的对面上铺，忽然睡着一个美丽的俄罗斯姑娘，阳光仿佛细微的明亮的露珠凝结在她的睫尖。后来她翻了个身，沙色的长发散落在床头，颈后有几粒细微的痣。

临近洗手间的六人间敞着门，雅库特夫妻俩分别睡在里侧左右两张下铺，床头搭一面隐约的白布，算是在心理上隔开了自己的私密空间。女儿们却早早醒来，大女儿光着上身，小女儿索性全身赤裸，站在床前推搡着装睡的妈妈。装睡的还有门旁下铺的韩国大叔，白汗衫的韩国大叔倚靠着枕头半躺着，叉手在胸前，捂着那本俄语入门的小册子。

挺难为他们的。

如果我能未卜先知这一些，我不应当早早离开旅馆，没有等他们真正醒来和他们道别，也没有看到她醒来时的模样。我不应当早早坐在这里，我应当在外面的哪里，看路过的行人，微笑，或者吵架。

比如，清晨的俄罗斯岛桥。

北桥塊不远，苏汉诺夫大街（ул. Суханова）路旁，尼古拉·尼古拉耶维奇·穆拉维约夫－阿穆尔斯基伯爵（Николай Николаевич Муравьёв–Амурский，1809–1881），正站在他自己的坟墓之后，远眺着他的金角湾。

阿穆尔斯基伯爵是俄国人的英雄，他那浮雕着东正教十字架的大理石棺椁上，满是花串。依然鲜艳着的，以及枯萎凋谢的。即使没有纪念碑周围的那些大理石浮雕花环，他也绝不至于断了鲜花的祭奠。我并没有看到那些来缅怀他们的英雄的人们，他们也许只是从金角湾的北岸走上坡来，放下花串旋即离去。

阿穆尔斯基伯爵，是俄罗斯皇帝亚历山大二世（Александр II）的册封，奖赏其为俄国开疆拓土的功绩。至于来自失去那些疆土的中

阿穆尔斯基伯爵之墓

国的我，在清晨阴云密布的金角湾北坡上，居然也同样认为在十字架下的棺椁中埋葬着一位英雄。

只是，英雄不是我们的。

依然会心痛，我站在青铜的阿穆尔斯基伯爵身后，与他一同眺望金角湾。令人艳羡的天然深水良港，岸边无数集装箱，水中无数海轮。还有水兵，两名分别是中亚人种与蒙古人种的水兵，在俄罗斯人种的军官带领下，齐步走过。俄罗斯太平洋舰队司令部即在符拉迪沃斯托克，但一定是在外国人不能涉足的哪里。在克拉斯基诺口岸通关俄罗斯的时候，海关即有公告，开列有滨海边疆区严禁外国人涉足的区域列表。因为战略地位重要，符拉迪沃斯托克在苏联时代即为保密行政区域。一九五八年以后，苏联政府法令规定，只有苏联人可以访问符拉迪沃斯托克并居住，直至苏联解体。

一九四六年底，应苏联对外文化协会邀请访问苏联的茅盾，在其游记《苏联见闻录》记述的符拉迪沃斯托克，有秩序但清冷，"市民的服装很少极讲究的，但也少见衣衫褴褛的人"，"人口大概有三十万"。

茅盾在人口仅有三十多万的符拉迪沃斯托克，没有再见到任何其他中国人。十年前的二十世纪三十年代，斯大林的肃反与大清洗，令原本占符拉迪沃斯托克人口六成的，与剩下的俄罗斯人口数量几乎相同的三十万中国人与朝鲜人，或被流放，或被屠杀，或被强制集体迁移至中亚。

上个月在中亚的乌兹别克斯坦，在塔什干（Ташкент）的圆顶巴扎底层，有许多聚在一处出售泡菜的朝鲜女人。在费尔干纳（Фергана）的露天巴扎，角落出售散装大米的商贩里，也有一位朝鲜人，他误以为我来自韩国，用朝鲜语和我打招呼——也是他还能够说的唯一一句朝鲜语——然后沉默地低下头，专心挑拣米里的砂石。还有在撒马尔罕（Самарканд）沙赫静达（Шахи Зинда）陵墓后的公共墓地，一条土路的两旁，逝者也像生者那样，聚族而居。路东，所有乌兹别克人的墓碑都向着西方；路西，所有朝鲜人的墓碑都向着东方。

彼此面向彼此期望的魂归之所。

但是没有中国人被流放至中亚，如果有躲过流放与屠杀的中国人，不知道都去了哪里？

现在定居在符拉迪沃斯托克的中国人，大多是由中国新来的商人。而中亚归来或者朝鲜逃来的朝鲜人，境遇却要糟糕许多。

城北市场看到的朝鲜人是在做力工，在繁华市区看到的朝鲜人依然是力工模样。昨天我在阿列乌茨卡娅大街路西一座东正教堂旁的树荫下躲避阳光，更换胶卷。那会儿正有一位朝鲜人走过，红背心，大裤衩，破球鞋，背着鼓鼓囊囊的黑色大塑料袋。看起来轻飘飘的，也许只是装着他的外套。低垂着头，用一部老款的手机打着电话，趔进路旁黯淡的赫鲁晓夫楼。

有时候，我很难分清，个人命运与群体或者国家命运，究竟在多大程度上能有所区别？

延吉去珲春的客车上，同座的珲春人说起珲春："再过去，什么也没有了。"他的意思是，没有海港，在中国版图角落里的珲春，什么也没有了，接壤的朝鲜与俄罗斯远东滨海地区，非穷即困。而如果没有阿穆尔斯基伯爵，珲春再向东去，就是斯拉夫扬卡，就是阿穆尔湾，渡海四十分钟就是符拉迪沃斯托克，就是金角湾，就是彼得大帝湾，就是日本海。

苏汉诺夫大街地下通道

没有如果，清晨在金角湾北坡上，我甚至没有去想这些。也许唯一闪过我念头的，就是如果那样，最起码我可以不用俄罗斯的签证就能站在这里。

还有呢？就是符拉迪沃斯托克依然会叫作海参崴——也许当地政府会觉得这名字土气，改换他名。——城市看起来像大连或者威海，或者任何一座中国城市，以拆迁的名义把过去夷平，建起风格迥异并且随意以欧洲地名命名的商品楼。总之，不会像现在的符拉迪沃斯托克，妥帖地安置着它的旧城，一座一如本来模样的过去的符拉迪沃斯托克。随便哪条路的街角，一座一九一四年的楼就在那里，与这座城市彼此张望一百年。

所以，对历史进行假设毫无意义。一切都未曾改变，也不会改变。

阿穆尔斯基一八〇九年生于圣彼得堡（Санкт–Петербург）。一八四七年（道光二十七年），尼古拉·穆拉维约夫被任命为伊尔库茨克和东西伯利亚（Восточная Сибирь）总督，开始在黑龙江流域开疆拓土。一八五八年（咸丰八年），大清国内有太平天国作乱之忧，外有英法第二次鸦片战争之患，穆拉维约夫乘其无暇北顾之机，成功迫使黑龙江将军奕山签订《瑷珲条约》。《瑷珲条约》将黑龙江以北、外兴安岭以南六十万平方公里土地完全割与俄国，并将乌苏里江以东，包括库页岛在内的黑龙江下游以南四十万平方公里土地划为中俄共管区域——两年后一八六〇年的中俄《北京条约》，规定包括海参崴在内的这片土地，正式割与俄国。

阿穆尔斯基伯爵，即由彼之卓越功勋，我之惨痛败绩，从而受封伯爵爵位。

一八五九年，阿穆尔斯基伯爵将其也许永世眺望的海参湾，以君士坦丁堡同名港湾命名为金角湾。

苏汉诺夫大街

俄罗斯岛桥步道入口

一八六一年，阿穆尔斯基伯爵以东西伯利亚将军致仕。一八六八年移居巴黎，直至一八八一年病逝。

一九九二年，俄罗斯联邦政府将阿穆尔斯基伯爵遗骨由巴黎迁葬至符拉迪沃斯托克。

他从此就在这里。

符拉迪沃斯托克所在的半岛，同样名为穆拉维约夫－阿穆尔斯基半岛。

半岛西为阿穆尔湾，东为乌苏里湾，金角湾在半岛南端，向北进入半岛内陆，再折而向东，形似犄角。半岛南端再向南，是俄罗斯岛，然后即是不再有大片陆地岛屿的圣彼得大帝湾与日本海。

所以，金角湾几乎四面由陆地包围，却又可以自由出入阿穆尔湾与乌苏里湾，进而进入日本海。防风防浪，天然良港，大清国遍寻国土，怕也难找出几处如海参崴这般因上天眷顾而恩赐的海港。

后来我在的俄罗斯岛桥，即是相连穆拉维约夫－阿穆尔斯基半岛与俄罗斯岛的世界主跨最大的斜拉索桥。

桥首有岗亭，却只有一名懒散的保安值守——并没有慎重到动用武装力量。每半桥体有两名保安，一名坐在岗亭里，一名在桥侧难容两人并行的步道内巡逻。看起来，他们更多是在做交通警察的工作，至于可能危害桥体的恐怖袭击，似乎并不在警惕的范畴之内。

桥上行人很少。既然符拉迪沃斯托克私人拥有汽车的比例如此之高，加之公共交通便捷，除了观光的外乡客，实在不容易令人想到步行过桥的理由。

俄罗斯岛桥，是在符拉迪沃斯托克任何角落都难以忽略的风景。它总在那里，我看到伊娜收藏的置身在海雾中的俄罗斯岛桥照片，桥

俄罗斯岛桥上的保安

塔的顶端与散射的斜拉索依然高高在上，仿佛桅杆与风帆——仿佛是阿穆尔斯基伯爵那悍匪的海盗船。

桥面一直在震颤，也许所有的斜拉索桥都是如此，车上的人感觉不到，车过以后，尤其是那些重型卡车过后，桥上的行人仿佛是摇晃中的骰盅里的骰子。我想等一些过往的行人，我想拍摄一些过往的行人，在桥面栏杆与斜拉索构成的线条复杂的结构之中，行人是能让一切柔和起来的唯一元素。

只是，桥上原本行人就很少，而且还要迎面走来——到桥面另一侧的行人步道几乎像是要穿过整座城市——而且当他走来的时候，恰巧不是在车辆过后，没有一颗骰子能保证拍清楚骰盅中的另一颗骰子。

我等到中午，大约才等到三五位迎面而过的行人。

还有一个中年俄国男人，从我身后走来，居然很是用力地捶了一下我的肩头，然后嘟囔着，我不知道他是不是埋怨我妨碍了他通行？我用英语问候他是不是有毛病？他继续嘟囔着向前走，末了我也不知道他究竟怎么回事——我其实站立得非常贴近桥栏，身后行人通过完全没有问题。——是真的有毛病，还是刚喝完一瓶伏特加，嘟囔中的快速的俄语，明显不像慢速的俄语是容易听得懂的语言。

如果我知道207次列车将会晚点，也许我会把下午的时间继续耗在俄罗斯岛桥上。

吹着阴郁的海风，看着桥的那头空洞的步道，等待需要等待许久的行人。

我又从俄罗斯岛桥走回了旅馆，取我的背包。

俄罗斯岛桥上远眺金角湾

西伯利亚铁路终点里程牌

看起来那么遥远，走起来也真的是那么遥远。

火车站之南，仿佛郊外的最久远的老旧城区，下午的时候，寂静得死去一般。后来渐渐有些云隙中的阳光，能听见路旁的野草被海风吹拂的声音。

阿穆尔湾就在草丛的后面，在俄国青砖楼或者木屋的后面，在一栋苏联红砖楼或者铁皮房的后面，我累得走不过去，我只能看见海湾上升腾起的云。

火车站大约是俄罗斯岛桥与旅馆之间的中点，从穿越所有铁轨的天桥可以直接走下月台，没有阻隔，也没有人检票。月台空空荡荡，停站的列车，或者是在终点，或者是在起点，发车时间还早，乘务员穿着短衣短裤，拉着扶手，身子探出车外吹风。都在盯着我，盯着我走向铸铁的西伯利亚铁路终点里程碑。

9288。

九千两百八十八公里，铭牌的数字是西伯利亚铁路全程的长度，世上最长的铁路，世上唯一横跨欧亚大陆的铁路。

西伯利亚铁路，车里雅宾斯克（Челябинск）以西至莫斯科（Москва）区间路段，十九世纪中叶即已建成。而车里雅宾斯克以东漫长的七千四百一十六公里，则是在担任西伯利亚铁路建设委员会主席的皇储尼古拉——即日后的俄罗斯帝国末代皇帝尼古拉二世（Николай II）——主持之下，一八九一年由符拉迪沃斯托克、一八九二年由车里雅宾斯克双向动工。一九一六年，西伯利亚铁路全线完工。

由莫斯科自西向东而来，符拉迪沃斯托克是西伯利亚铁路的终点；我将自东向西而去，符拉迪沃斯托克则是我关于铁路与距离的旅途的起点。

事实上，里程碑之后，火车站以南，依然还有一段铁路延伸。也许只是为着便于观览，俄罗斯铁路才将西伯利亚铁路终点里程碑立于符拉迪沃斯托克火车站站内的月台。我打算沿着铁路线走回旅馆，再漫长的铁路终也是会结束的，西伯利亚铁路必将终结于阿穆尔湾，我想也许我能够看见它真正的尽头。可是看似空无一人的铁轨沿线，却有警卫隐身在草丛中的掩体里，毕竟是战略重地。他吓阻我，示意我过去接受检查。我反正也听不懂俄国人的语言，当然也包括看不懂俄国人的肢体语言，于是原路逃回。

　　火车站北不远巷子中的洗车行里，有个中亚的伙计，热情地走出来要拿我的相机为我拍照。

　　他问我从哪里来，我也问起他的故乡。乌兹别克斯坦，他告诉我。

　　我告诉他我在乌兹别克斯坦去过的那些城市的名字，他听到布哈拉（Бухара），忽然点头笑了起来，那是他和另一名乌兹别克伙计的家乡。

　　后来与阿穆尔湾那些升腾起的云走在一起的时候，我一直在想，那么遥远，从中亚到滨海，这或许是说俄语的人们在说俄语的地区所能走到的最远的距离。

　　我忽然就开心起来，有些得意洋洋，那会儿我正在买一份阿塞拜疆人的肉卷饼。

　　我也已经走了那么远呀？

　　这一个月以来，从布哈拉，到符拉迪沃斯托克。

04

她也喜欢踩上落叶的声音

哈巴罗夫斯克，已经满地枯黄的白桦与白杨的落叶。

我从小以为的秋天，地上就应当是这样，像是在白桦或者白杨的森林中，满地落叶。踩在上面，像是踩在梳打饼干铺就的地板上，有松脆的响声。

我不知道为什么我们的城市，每到秋天，都要孜孜不倦地清扫落叶。也许是我们的城市里太少树林的缘故，落叶一定要在树下林间，才不至于污秽。每天看着天空，看着树上的枯叶继续落下，随风闪躲着，不至于被别的枯叶压在身下，不见最好的秋天的阳光。直到一场雨，沤了，烂了，然后与泥土混在一起，化作书上说的那种莫须有的养料分子，再回到生养它的树的身上。

北京，什刹海水岸两畔，秋天也会有满地白杨枯黄的落叶。人们都还在上班的下午，那么安静，虽然落叶铺不满路面，但是刻意踩过去，还是会有像踩在饼干屑上的声响。和姑娘在一起，玩小时候的游戏，你们那儿有吗？各拣一片白杨树的落叶，把两片叶柄像拉钩一样纠缠在一起，然后用力，谁的叶柄被拉断了，谁就输了。

可是，输了什么呢？

旅馆外落叶的街道

昨夜，晚点到令人绝望的207次列车终于还是进站了。

那会儿，午夜以后了吧？

并没有任何人的通知，电子公告板上也没有任何变化，但是人们忽然都站了起来，走了起来，跑了起来。

被人们拥堵在月台入口的韩国男导游，示意女导游带队进站的方向。他也看见了我，像是鼓舞红军冲锋的政治委员，挥舞手臂，大声呼唤："Platform 1，Platform 1！"

我没有昂扬的革命斗志，我只是一个困极了的溃兵，我被裹挟在难民之中，找到我的车厢，安置行李，铺上床垫，我甚至等不及乘务员送上干净的被单被罩，在开始西伯利亚铁路的第一公里之前，我已经彻底昏迷。

207次列车三号二等卧铺车厢

关于我苏醒之前的所有旅程，我唯一的记忆是车厢里那么热，那么热，果然是在溃逃的闷罐车厢中吗？还有一个声音，大约是那时候我仅存的人性，不住地乞求着我："不能脱光。你在车厢里，不能脱光……"

醒来的时候，我的身上还有短衣短裤，觉得自己简直闪烁着人性的光辉。

但也可能是落在我身上的清晨的阳光吧？

窗外的西伯利亚，一片浓雾，太阳在浓雾之外，阳光被漫射到每个角落，每个角落都是明亮的。

昨夜我独自昏迷的车厢，已经铺无虚席。对面上铺坐着两个不丁点大儿的小姑娘，散落满铺的小人偶，认真而美丽地过家家。边铺下铺躺着的女人，在自己的手臂与腿上敷满了浸有某种药膏的纱布，怎么了？也晒伤了吧？

我能不能问她要一些纱布敷在我该死的脸上？

去年在西伯利亚铁路旅行，全程只在一等卧铺，在207次列车的三号二等卧铺车厢，我才初见何为边铺。

西伯利亚铁路长途旅客列车，动辄耗时三五天，最长七天的开行时间，一般不会编组硬座车厢，除非生不如死是令人愉悦的。卧铺车厢分为三等，特等豪华双人包间（Cпальный Вагон，СВ）、一等四人隔间（Купе）以及二等六人敞间（Плацкартный）。每等卧铺，票价相差约一倍。二等卧铺类似中国旅客列车的硬卧，区别在于，中国的卧铺是两排三层，而俄罗斯铁路二等卧铺是三排两层——对面两排，过道临窗一排，称之为边铺。每排铺位事实上也有三层，不过顶层只是用来安置上铺旅客的行李，并不作为卧铺出售车票。下铺铺位铺板

维亚泽姆斯卡娅火车站

可以向上打开，底部是下铺旅客的行李储存空间，比起中国下铺铺位下的开敞空间，这是非常安全合理的设计——但是最初，我以为如此设置大概是因苏联铁路没有采用更为普遍的1434毫米标准轨距，而是采用1520毫米的宽轨轨距所致。轨距宽，自然车厢也更宽。但事实上，宽轨比标轨宽出的长度，是达不到一张铺位的宽度的，所以不但边铺的宽度较窄，对面两排横向铺位的长度也较中国的硬卧略短，于是所有人的脚都是悬在过道中的，如果是壮硕高大的俄国人，不小心可能会把脚杵进边铺侧卧的旅客嘴里。

所以为免阻碍交通，车厢两侧门旁的横铺，1号下铺、2号上铺，与35号下铺、36号上铺，都在过道一侧加装挡板，这样不至于突然挺直身体的时候，踢翻出入的旅客。而不幸买到36号上铺的旅客，比如我，则只能整夜蜷曲着身体。

在远东无尽的晨雾中，我看见西伯利亚铁路的第一株白桦。

迷离的，淡淡的只像是随意涂抹在呵气成霜的车窗玻璃上的轮廓。

那时候已经在维亚泽姆斯基（Вяземский），片刻之后就是维亚泽姆斯卡娅火车站（Вяземская）。又一栋黄色墙体，绿色顶棚的候车楼，以及清冷的弥散着淡淡的雾的月台。月台上有两名肉身的警察和铸铁的维亚泽姆斯基，看着207次列车上的难民蜂拥而下，在月台两旁的售货亭抢购食物。

我仰视着维亚泽姆斯基的铸铁胸像恍神，虽然雾还没有退去，但是在两忽雾的间隙，阳光已经刺眼。两名警察感兴趣的是我，也许并不是经常能看见晒伤了的外国人，所以他们热情地招呼我，引领我，我顺从他们的好意走进候车楼，去看候车厅里红军与铁路工人的雕塑。

一九六〇年建成的候车楼正在粉刷与修复，雕塑临时收藏在室内，如果不是因为他们的好意，我是注定不能得见的。对于建筑，以及与建筑相关的故事，俄国人有异乎寻常的热情予以保留与记录。走进候车楼，注意到门旁的砖墙上钉着一方手写的铭牌，我随手拍下，现在抄录翻译出来：

一九二三年，中央执行委员会委员长米哈伊尔·伊万诺维奇·加里宁（Михаил Иванович Калинин，1875–1946）曾在这里发表讲话。

虽然这是属于曾经的苏维埃社会主义共和国联邦而非现在的俄罗斯联邦的历史，但是并没有人刻意抹去，而是如同对待候车楼一样，重新粉刷与修复，仔细描画了每个字母。

对待历史，大概所有的方法也不外乎如此：抹去，粉刷与修复。

如同西伯利亚铁路沿线的许多城镇，火车站都是最初的起点。同样，维亚泽姆斯基也开始于维亚泽姆斯卡娅火车站，那是一八九四年，西伯利亚铁路的两根铁轨旁，一座原木搭建的简陋火车站。

而这一切，都得名于月台上铸铁的那个人，俄国著名的铁路工程师——奥列斯特·波利耶诺维奇·维亚泽姆斯基（Орест Полиенович Вяземский，1839-1910）。在他辉煌的职业生涯中，考察的铁路线路逾一万两千公里，参与铺设的铁路线近四千五百公里。而让他名垂远东的功勋是：乌苏里斯克铁路建设主管（1892-1897）。

乌苏里斯克铁路，在乌苏里斯克与西伯利亚铁路交会。屡次听闻的乌苏里斯克，是出符拉迪沃斯托克向北的第一座重要的城市、重要的枢纽火车站，可是昨夜途经时，我昏迷不久，全无所知。

西伯利亚铁路的开始，有许多难以抹去的历史，许多无法忽略的城市，无论是对于俄国，还是对于中国。

符拉迪沃斯托克与哈巴罗夫斯克之间的铁路线建成于一八九七年，从地理上而言，这一夜的旅程，并非是向莫斯科所在的遥远的西方，而是向北。依据中俄《北京条约》，俄国从大清国得到的是黑龙江以北、乌苏里江以东之地。此段线路全在乌苏里江东岸，西侧尽为中国之地，故而只可依乌苏里江流向自南向北筑路。哈巴罗夫斯克即在乌苏里江汇入黑龙江河口处，至此之后，铁路才可于黑龙江北岸折而向西，直到赤塔（Чита）——俄罗斯外贝加尔边疆区的首府。

相对于赤塔向东南直达符拉迪沃斯托克的直线，现在西伯利亚铁路无疑是路程更远的三角形的勾股两边。

中日甲午战争之后，一八九六年（光绪二十二年），俄国利诱前往圣彼得堡参加尼古拉二世皇帝加冕典礼的大清国特使李鸿章签订《中俄御敌相互援助条约》，简称《中俄密约》。俄国以协同大清国防御日本为名，取得在中国东北的筑路权。西伯利亚铁路借此得以穿越大清国土，直达符拉迪沃斯托克。大清国境内这段铁路，正式定名大清东省铁路，又称中国东省铁路，简称东清铁路。

东清铁路于一八九七年以哈尔滨为中心动工铺设，分为东、西、南部三线。其中的东线，由哈尔滨至绥芬河，称为滨绥铁路。绥芬河已在中俄边界，距离西伯利亚铁路尚有距离，乌苏里斯克铁路便是最后贯通滨绥铁路的东延长线。

直到现在，陆路进入符拉迪沃斯托克最便捷的方式，依然是由绥芬河乘火车经乌苏里斯克铁路，途经乌苏里斯克转至西伯利亚铁路至符拉迪沃斯托克。

抽象的字眼不容易理解，比如大清国究竟被俄国强取豪夺去多少土地。具体地走过，一切才清晰明了起来，整整一夜，整整一夜的火车，仍然还没有走出中俄《北京条约》失去的乌苏里江以东之地。如果是在中国南海边乘火车向北，这样久的时间已过中国之半，已在中原。

从符拉迪沃斯托克，过乌苏里斯克，至哈巴罗夫斯克。

或者依照中国人曾经的称呼，从海参崴，过双城子，至伯力。

以人名命名地名，是俄国人另一种异乎寻常的热情。也是俄国人的政治，这时常会成为对于某人某地的奖赏与处罚。

给予这座城市名字的，是叶罗费·帕夫洛维奇·哈巴罗夫（Ерофей Павлович Хабаров，1603-1671）。这位雕塑站立在哈巴罗夫斯克火车站的俄国冒险家，是与阿穆尔斯基伯爵同样的俄国人的英雄。

如果说阿穆尔斯基伯爵是俄国新领土的开拓者，那么更早侵入远东探险并勘绘地图的哈巴罗夫，则可以称为俄国新领土的发现者。

一八五八年初春，五月三十一日，《瑷珲条约》签订后的第三天，俄国西伯利亚兵团的哥萨克人在这片共管区域筑起防卫村，为纪念哈巴罗夫而命名为哈巴罗夫卡（Хабаровка）；两年后，中俄《北京条约》签订，哈巴罗夫卡终如哈巴罗夫所愿，成为俄国的新领土；其后，哈巴罗夫卡逐渐繁荣，一八八〇年升格为城市，一八九三年命名为哈巴罗夫斯克，直至如今的俄罗斯远东联邦管区（Дальневосточный Федеральный Округ）和哈巴罗夫斯克边疆区（Хабаровский Край）首府，管辖全部东西伯利亚六百一十八万平方公里土地。

哈巴罗夫斯克火车站前的哈巴罗夫雕塑，身披铠甲，头顶着可以抵御远东严寒的皮帽，背身站在将近中午时候太阳强烈的逆光下，我几乎无法看清他的模样。——西伯利亚铁路沿线火车站前的雕塑，全部面向火车站候车楼，而非随同昂扬的候车楼一样眺望远方。候车楼一如大多建筑坐北朝南，雕塑也因此向北方而立，面孔永远在逆光的阴影之中。于是从城市的其他角落看过去，背身站在火车站前广场上的不像是什么英雄，却更像是一位没有赶上火车而茫然无助的旅客。

没有赶上火车的哈巴罗夫，一九五八年起开始在那里茫然伫立。那一年，是俄国历史中，哈巴罗夫斯克的建城一百周年。

后来，雾终于散尽。

我也不用再蜷缩在36号上铺，我坐在了俄国人的边铺上。边铺的上铺可以收起，折叠并拢在厢壁。而下铺分为三段，中段可以翻起旋转，支起成为一张小桌，形如中国旅客列车硬座车厢临窗的座位。

偏僻的远东，偏僻的西伯利亚的人们似乎更加友善，或者说，更愿意接近陌生人。也许只有在遥远的，人迹罕至的地方，人们才会对陌生人充满兴趣吧？周围敞间的人们都在努力尝试着与我聊天，用俄语，慢速的俄语，手势以及一切肢体语言来表达他们的意思。可惜这些语言都是晦涩的，唯一能让我们的沟通得以勉强进行的，是与晒伤的女人相邻的边铺下铺的中年金发女人，她到过中国，能说为数不多的英语单词。

所以，不可能有什么深入的交谈，无非是些家长里短，国别、姓名、年纪、婚姻等等。但是顺理成章的"为什么还没有结婚"这样复杂深奥并且直指人心的问题，显然已在我们的沟通能力之外。

我只记得最出乎我意料的问题，是我对面下铺的老太太问我：是不是共产党员？

老太太是在上铺玩过家家的更漂亮些的小姑娘的外祖母，和自己的女儿与外孙女一同从乌苏里斯克回哈巴罗夫斯克。

哈巴罗夫斯克才是她们的家。

她指着窗外愈发浓密的树林，不停尝试着告诉我些什么。树林里散落着许多尖顶的木屋，已经是在哈巴罗夫斯克的郊外了。忽然我听见一些熟悉的发音，"Papa. Mama."我终于明白她想要告诉我，那里是她父母的家。

金发女人补充我没有听懂的：她出生在那里。

我没有问，也不能问，她的父母仍然还在那里吗？

仍然还在那里吧？正在木栅栏后种满鲜花与蔬菜的小院子里看着远处西伯利亚铁路驶过的列车。

就像忽然安静下来，注视着窗外，默默回望着他们的老太太，目光慈祥。

我很难判断207次列车晚点的利弊。

这让我错过了西伯利亚铁路最初若干公里的风景，这让我晚到哈巴罗夫斯克以致错过了整个上午，但是却在天明以后经过维亚泽姆斯卡娅火车站，让我看到了维亚泽姆斯基，看到了红军与铁路工人。

所以，这也是我从来不制定什么该死的旅行计划的原因。无论怎样计划，总也会错过些什么；无论怎样没有计划，总也会没有错过些什么。

我索性放任今天吧，其实哪天又不是放任呢？完全没有目的，只是在城市里漫无目的地游荡。

索性走去城北的旅馆吧，从地图上看起来距离火车站并不遥远，从比例尺看不过一公里而已。——永远不要低估俄国人在一切细节上的误差，就像火车上那些铸铁件之间巨大的缝隙。一公里以后，我正越过一段似乎已经废弃的铁路，铁路通向未知的密林。我想试试密林里有没有捷径，却赫然看见林中有水泥岗哨后的钢铁院门，门上有触目惊心的红漆英语警示：STOP。

军事基地！

天知道我是不是迷路了？

最终还是找到了旅馆，远在若干公里以外，背负全部行囊的徒步而至让我筋疲力尽。筋疲力尽，却又急不可待地走出旅馆，急不可待地要去探看这座未知的城市。我绝不能再错过今天下午，对于旅行而言，错过一整天的时间太过奢侈。

我搭上公共汽车，回到了火车站。马路对面，两条纵深南去的街道之间，是狭长的遮蔽在白桦林间的公园。公园前的空场上，有站台、长椅、等车的老人、肥硕的鸽子，以及嵌在石板路间交错的轨道。那是许多线路的有轨电车的起始站点，我可以跳上一辆有轨电车，随意去到哈巴罗夫斯克的哪里。

西郊的公交车站

老旧的有轨电车，穿过那些似乎已经废弃的林间的铁轨，确实身在遥远的最初，不是吗？一切都是老旧的，甚至是掠过身上的斑驳的树影。

我每看见路旁残留有美丽的过去，就跳下电车，飞奔而去。有的是电车，有的是硬币，我不正是在放任这个下午吗？那是哪儿？我记着呢，距离火车站不远的出城的沃罗涅日斯卡娅大街（ул. Воронежская）10号，路基下的白桦林间，两栋褪色为浅蓝的双层木屋，夕阳把所有白桦的身影投射在木屋的身上，甚至越过木屋，跳下木屋，我飞奔而去，我并没有再找到树影。木屋前的一片空场，并不再有阳光，孩子也刚刚离去，铁架上轮胎的秋千径自摇晃着。楼道前坐着两位老妇人在聊天，我打断了她们，一位年轻的亚美尼亚人代替她们的好奇走过来，热情地和我握手，问我从哪里来。

哈巴罗夫斯克的郊外，住着许多非俄罗斯族的少数族裔。后来我又回到火车站，跳上另一辆有轨电车去了东郊，依然如此。蒙古人、中亚人、高加索人，甚至还有印度人，身穿纱丽（sari）的妈妈走出那些由年久失修的建筑构成的住宅区，跳过坑洼积水的人行道，站在路旁等待着她的女儿。

刺青的年轻人坐在有轨电车站台的水泥座椅上，抽着烟。我就坐在他们身边，但是他们显然忽视了我的存在，在哈巴罗夫斯克的郊外，我只不过是另一个生活在那里的少数族裔，远东的朝鲜人，或者中亚的吉尔吉斯人，并没有什么不同。

我有些许的不安，那环境看起来似乎是危险的。

匆忙搭上返城的电车，回到火车站前纵深几条街区的公园，买了一份塔吉克人的肉卷饼，坐在白桦树下的长椅上开始我的晚餐。

温暖的江风穿过哈巴罗夫斯克纵横的街道，扯下白桦枝头早已枯黄的树叶。枯叶轻缓落地，一切宁静下来。

隔着数米宽的步道，对面的长椅上坐着两个俄罗斯年轻人，穿着上衣和光着膀子的，裸露在外的皮肤上同样有刺青。他们有一大瓶前夜雅库特人痛饮的那种棕色塑料瓶灌装的2.5升阿穆尔牌啤酒（Амур Пиво），这似乎是远东最为畅销的软饮料。显然，几百毫升的普通玻璃瓶装啤酒所含的酒精，对于俄国人而言是不够分量的。

两人一人一口灌着啤酒，忽然看见了我，提着啤酒走过来，坐在了我的身边。我们说着彼此完全听不懂的语言嘻哈着，气氛轻松，甚至拍照留念。直到穿着上衣的年轻人向我伸出右手，并拢食指与中指，与拇指快速摩擦着。这个通行世界的手势让我明白，他的意思是向我索要钱财。

开往东郊的有轨电车

我继续表示完全听不懂他在说些什么，站起打算离开。然而他的表情已经不再有笑意，换作恐吓的态度让我重新坐下，并且把食指放在唇鼻之间，示意我闭嘴不得反驳。

　　几位并肩而行的俄罗斯学生说笑着走来，我认为这是避免事态进一步恶化的时机，不再纠缠，转身走开。两个年轻人有起身的意图，但是学生们已经走在身后，阻隔在我们之间。

　　走出公园的路途无比漫长，他们没有尾随而至。

　　在俄罗斯，酗酒者总是极度危险的。尤其是那些僻静公园里，享受着酒精却还没有被酒精击倒的俄国人。我本应在两个年轻人向我走来时离开那里，我却疏忽了，我只看见他们的微笑却看不见他们血液里的酒精。

試图勒索我钱财的年轻人

我没有再迷路，转过军事基地，沿着卡尔·马克思大街（ул. Карла Маркса）一路走向东北，回到隐藏在一片斯大林时代的居民区里的旅馆。

楼与楼之间，满是落叶。走在前面的小姑娘，欢快地冲进落叶最深处，她也喜欢踩上落叶的声音，像是踩碎梳打饼干的声音。

旅馆由一栋灰砖楼一层的全部房间改造而成。也许并没有改造，也许这片灰砖楼原本只是公寓楼，就是东西两排房间隔着走廊对立的格局。我住在最便宜的十二人客房里，一晚只需要两份萝卜牛肉汤泡饭的花销。这还是针对外国人的特别报价，如果是俄国人入住的话，房钱还会少收许多。

十二人客房，六张双层床。临街有窗的外侧四张，内侧两张，空出门与衣柜的位置。

并不是客房紧张的季节，所有的上铺都是空着的。下铺也空着两张，其余都有长住的房客。与符拉迪沃斯托克的旅馆不同，哈巴罗夫斯克的这间旅馆似乎从来没有外国人光临，所以没有人可以说英语，无论是房客，还是对门管理室里年轻的俄罗斯姑娘。

我选择了窗边的空铺，下午离开的时候，夕阳正懒懒地躺在床上。

那会儿，只有相邻下铺的亚历山大·波波夫（Александр Попов）老头在房间里。直到午夜，依然还是我们俩，不知道其他房客都去了哪里。

亚历山大老头蓄着像卡尔·马克思一样的白色长发与长须，不同的是亚历山大老头上唇的胡须也是白色的。他殷勤而有礼貌，无论是开灯开电视、关灯关空调都会征询我的意见。我痛恨我自己不会说俄语，我只听懂了他的名字以及他来自比远东更远的萨哈林岛（Сахалин）。

中国称之为库页岛的萨哈林，俄罗斯的极东之地。

不知道亚历山大老头在这家旅馆里住了多久？虽然他努力梳装齐整，但是看起来仍然有些窘迫，如果不是因为年纪没有足够的老，我甚至会以为萨哈林是他的流放之地。

他床头的窗台上，有六枚放在湿透的报纸上的弹丸大小的土豆，一把电热水壶。这会儿，亚历山大老头刚烧了一壶开水，冲泡了一盒速食土豆泥。藏在床头柜与床之间地板上的黑色塑料袋里的，是冷透的烤饼。掰碎了，拌在土豆泥里，是他的晚餐。

还有一杯红茶。

我躺在床上，头顶上铺的木床板底下，不知道是之前的哪位房客用黑色墨水笔写下的一句话：

Звенит лишь то, что пусто изнутри.

木质还是新的，干干净净，只有这一句黑色的字迹，新鲜得就像是下午的夕阳起身写上的。

我完全不知道这句话的意思。

我之前试着弄明白，但是却并不能，这一度让我有些烦恼。

不过现在我已经坦然了。

我烦恼什么呢？这个世界，有太多我不知道的，也无法知道的，比如正在仔细刮干净每一点残存的土豆泥的亚历山大老头。

不如睡觉吧。

05

只有我们才是彼此一瞬而过

我又看见了阿穆尔斯基伯爵，在城市的尽头，阿穆尔河（Амур）畔，清晨清冷的风中。

阿穆尔河，曾经大清国的内河，如今是中俄两国的界河。在河的另一侧，中国人称之为黑龙江。

黑龙江畔的阿穆尔斯基伯爵，比起符拉迪沃斯托克的自己坟茔处的阿穆尔斯基伯爵更为著名。身着戎装，腰系佩剑，双手环抱胸前，右手是关于既得土地的海图，左手是关于未得土地的望远镜，脚踏海锚，远眺江外。所有俄国人都应当见过这尊著名的阿穆尔斯基伯爵铜像，或者是在黑龙江畔，或者是在最大面额的五千卢布纸钞上。

可知阿穆尔斯基伯爵之于俄国的地位。

或者准确来说，是之于俄罗斯帝国与俄罗斯联邦的地位。在之间的苏联时代，原址站立的，毋庸置疑地是列宁同志。黑龙江畔最初的阿穆尔斯基，仁立于伯爵病逝十年后的一八九一年；二十六年后，一九一七年，十月革命，俄罗斯帝国瓦解；三十一年后，一九二二年，苏联建立；三十八年后，一九二九年，苏联政府推倒了黑龙江畔的阿

阿穆尔斯基伯爵雕塑

穆尔斯基，取而代之以死去五年的列宁同志；一百年，整整一百年后，苏联解体；苏联解体之后两年，俄罗斯联邦政府推倒了沐浴六十四年黑龙江风雨的"全世界无产阶级和劳动人民的伟大导师和领袖"，阿穆尔斯基伯爵东山再起，重回哈巴罗夫斯克，远眺黑龙江。

偶尔有晨练的俄国人跑过，除此之外，清晨的江畔步道杳无人踪。只有我背倚着黑龙江，静静看着伯爵，我不知道那尊列宁同志的模样。飞越哈巴罗夫斯克冰冻天空的航班，划出白色水汽的航迹，然后片刻消散。

世事何等难料？

一百年，一座城全部的历史，只不过两个人，几句话。

难以预料的，前夜在符拉迪沃斯托克火车站偶遇的韩国旅行团，居然忽然出现在我眼前。

来哈巴罗夫斯克，他们全团购买的是207次列车一等卧铺车票，所在车厢与我的二等卧铺相距遥远。在哈巴罗夫斯克火车站，本想向男导游道谢，可能因为老年旅行团行动缓慢，直到我在候车楼旁的售票厅买到下站乌兰乌德的列车车票，依然没有等到他们。却不料，一天之后，可以再次偶遇。

韩国男导游并没有随团同在，领队的只有女导游和另一名俄国翻译。女导游并不会说英语，但是在符拉迪沃斯托克候车的漫长夜晚，她始终坐在我的身旁，我们是熟悉的陌生人。

也许我们是半个世纪未见的情人，否则再次偶遇怎么会让我们如此激动。她惊声尖叫起来，告诉身后的韩国老人我是谁，然后我们跑向彼此，快乐地拥抱在一起。

这个清冷的清晨，忽然快乐起来。

难以预料的，不仅仅只是如这般偶遇的世事，还有人与人彼此之间微妙的情感。天知道我们何以快乐？我完全不再关心什么伯爵，阿穆尔河还是黑龙江。我们把无所事事的俄国翻译晾在一边，合影并交换联系方式。旅行团里有可以说英语的韩国老人，可以恳切交谈，场面几近朝韩离散家属会面一般感人至深。

直到现在，我也不知道这是因为我们两次偶遇，还是因为我们同样的东亚面孔？

无论如何，腾起的快乐始终揣在心中。旅途最可珍惜的永远是这些那些偶遇的人们，可以重逢或者永不再见的人们。风景永远在那里，只有我们才是彼此一瞬而过。

整座哈巴罗夫斯克城也是快乐的。

今天是俄罗斯学校开学的日子。在俄罗斯，开学的第一天，首先是用来庆祝的。

列宁广场（Площадь Ленина）上，有盛大的歌舞演出。临时搭起的舞台上，还只是学生的女孩子们，伴随音乐的律动已是风情万种。从列宁广场通往江边的穆拉维耶瓦－阿穆尔大街（ул. Муравьева-Амурского）上也满是她们。更多的开学活动是参观博物馆，哈巴罗夫斯克有为数众多的关于这座城市以及整个远东地区历史的博物馆，并不起眼的，就在街道两旁那些动辄有一百年历史的红砖楼里。

博物馆无法容纳太多的参观者，所以学生们以班级为单位，分批次分时间赶到。来的时候，女生们是矜持的——那些同样矜持的，体贴地照顾着女生们的男生，我的视线完全无暇顾及——哪个女孩子不想在新学期开始的第一天，最漂亮地出现在学校里，出现在那些该死的男学生面前？哈巴罗夫斯克女生的校服统一为白色的衬衫，灰色或者黑色的短裙——裙袂在膝盖以上，大腿过半处。平底或者高跟鞋，这似乎是各随所愿的，但是必须穿着肤色的丝袜。

中学时代，可能已是俄罗斯姑娘最美丽的时刻。哈巴罗夫斯克的老城区面积远比符拉迪沃斯托克阔大，建筑也更精致，然而当最漂亮的俄罗斯姑娘出现在你面前的时候，去看这座城市或者那些建筑，岂非全无人性？

可是后来，一切都乱了章法。

矜持的女生们依然在不断到来，但是从博物馆释放而出准备各自返家的女生们，已经放弃了。放弃了矜持，矜持太过费力，男学生们也对她们不管不顾——他们还在对烟草与酒精更感兴趣的年纪——所以随它去吧。尤其是那些踏着高跟鞋在博物馆里被索然乏味的历史折磨半天的女生，脚疼战胜了头疼，索性脱下高跟鞋，提在手里，然后赤脚走过哈巴罗夫斯克的街巷。

列宁广场的列宁雕塑

穆拉维耶瓦－阿穆尔大街

穆拉维耶瓦－阿穆尔大街

　　虽然丝袜的脚底已经踩脏了，但我却觉得这依然性感。

　　所有的开学庆典活动都只在上午。

　　午后，漂亮女生散尽的街道终于重新成为街道，我终于能够心如死灰地描述形容枯槁的哈巴罗夫斯克。

　　与符拉迪沃斯托克相同，哈巴罗夫斯克主要街道的走向，也是通往水岸。不同在于，符拉迪沃斯托克在临海的坡地，街道由北向南的海岸走低。而哈巴罗夫斯克向西南通往阿穆尔河畔的街道是平坦的，起伏在并行的街道与街道之间。仿佛阿穆尔大街与相邻干道列宁大街（ул. Ленина）修筑在脊上，而之间是开辟沟壑而成的谷地。

　　火车站前开来的有轨电车，向东南横穿过阿穆尔大街，停在舍罗诺瓦大街（ул. Шеронова）中约定俗成的隐形的站台上下乘客。我无数次从那里跳上有轨电车，因为接下来有我最着迷的一段哈巴罗夫斯克的风景。冲下谷地，再爬上列宁大街，电车后窗或者前窗外，视线可及处，只有锈蚀的漫长电车轨道，延伸向无极限的哪里。直到停稳在列宁大街路口的站台，人们穿行在电车之前，现实才回到眼前。

　　然后，跳下电车，再跳上一辆回返的电车，再次冲下陡坡，浸在蓄积着所有旧日视野的谷底。

　　令人着迷，不是吗？

　　还有临江的舍甫琴科街（ул. Шевченко），没有舍罗诺瓦大街那么宽阔，没有电车轨道与电车，却有高低错落仿佛阶梯般的人行道。每段人行道，都是近旁那栋楼地平的延伸，那些红砖的、青砖的、原石的楼。我看见关于某栋楼历史的铭牌，一八九八年，踮起脚来，才能透过

舍罗诺瓦大街的有轨电车

敞开的窗看见里面的情形，是办公室，所以依然还在实际地使用着。

午后又燥热起来，可以开着窗，揽些吹过的江风。

舍甫琴科街下到的谷底，是乌苏里林荫道（Уссурийский Бульвар）。昨天险些被劫掠钱财的狭长的街心公园，即是哈巴罗夫斯克所谓的林荫道，乌苏里林荫道与火车站前的林荫道隔阿穆尔大街对称而建，可知哈巴罗夫斯克城是在规划之下建筑而成。前车之鉴，不打算再进林荫道假装散财童子，还是右转去江边比较安全。

乌苏里林荫道尽头的江畔，似乎是哈巴罗夫斯克老城区最主要的码头，泊着不少招徕游客游江的渡轮。令人惊奇的，是码头边的一段江滩，一段细碎石子的江滩，满是晒太阳的俄国人。没有海，没有细腻的沙，碎石的江滩粗粝且满布垃圾，但这丝毫不能阻止冬季漫长而寒冷的远东俄国人对于阳光的迷恋。并不是衣冠齐整地坐在城门楼子下晒太阳，而是换上泳衣，在污浊的江水中翻腾片刻，再躺回铺在碎石上的毯子里晒太阳。

像是晴天里重庆人晾出来的许多被子。

我已经漫无目的地在哈巴罗夫斯克游荡了十个小时，夕阳依然明艳，在身后推着我，努力推着我。

那时候我正走在屠格涅夫大街（ул. Тургенева）的谷底——转出乌苏里林荫道——努力向着列宁大街爬坡。前方路旁又有蓝色的木屋，还有坡上司帕索－普列奥布拉任斯基大教堂（Спасо–Преображенский Кафедральный Собор）在夕阳中燃烧的金顶，支撑着我走到教堂前的广场上喘息。

教堂建筑在屠格涅夫大街与列宁大街转角外的一片空旷平地上，

通往司帕索－普列奥布拉任斯基大教堂的屠格涅夫大街

是一片江畔的高台，阿穆尔河在高台下转折。

高台之上，江风激烈。

我看着我的影子越来越长，越来越长，然后纵身跳下高台。

夜色从江外浸上来，阳光在屠格涅夫大街远方的天际熄灭。

最后，所有人都回来了，所有人都回到了旅馆。

昨晚彻夜未归的三位长住的房客：与我同在临窗一侧，距离我最远的是位蒙古人种的年轻俄国人，侧身面壁，沉沉睡着；与他床头相对的，是同样年轻的黑头发的俄罗斯人，躺着或者坐在床上，目光始终不离手机；蒙古人与亚历山大老头之间，一位强壮的身穿牛仔裤的光头中年俄国人，面貌凶悍，右手缠着厚厚的绷带，仿佛是打黑拳的拳手，掌控着遥控器，专注地看着门旁墙上的电视。

他的床头，最靠近门的那张床，今夜住进一位驼背的俄罗斯老人，憔悴而苍白，衣衫褴褛，一双破旧的皮鞋摆在床下。他的晚餐，是从随身带着的塑料袋里取出的两个西红柿。像所有俄国人那样，切成片，洒上盐，一口一口吃下。然后蜷缩在床上，悄无声息的，微不足道得几乎让人忽略。

我忽然想起索尔仁尼琴（Александр Исаевич Солженицын，1918-2008）《癌症楼》（Раковый Корпус）里的那间癌病房，毫不相干的一些人，暂时困在一起，各怀心事，前途未卜。

亚历山大老头今夜回来得最晚，已过十点。还像昨天那样热情，热情地和每个人打招呼，包括淡漠的驼背老人。

手里攥着一张薄纸片，那是旅馆的收据，亚历山大老头的经济不宽裕是显而易见的，但我仍然没有想到他在旅馆长住却依然每天结账。也许某夜不归，可以少付一天房钱，但是包月长住总还是会更便宜一些，除非实在不能一次拿出许多钱来。

亚历山大老头今天的晚餐，是一盒方便面。

我从来没有见过谁能把一盒方便面吃得如此仔细：

从打开方便面的包装开始，每一点细碎的掉在身上、床头柜或者床上的面渣，都要用蘸着唾沫的手指沾起来，放回嘴里吞下；

蔬菜包、酱料包、油包，每一个调料包倒空以后，对着壶嘴接些开水，冲涮干净，一段一段折起来挤净每一滴水。然后内外再用开水冲洗，这才放在一旁，但是手指上的水渍可能还有些调料的残余，所以也是要吮净的。

碗里加水兑满，盖上盒盖，等候的过程中，或者忽然发现桌上的哪里还有一点几乎被忽略的面渣，沾在指尖吃掉，或者再内外舔舔调料包，舌尖可能还会在调料包里搜刮一番。

床头柜与床之间地板上的黑色塑料袋里，有昨天剩下的火腿肠——不能称之为香肠，因为添加了太多的淀粉，颜色如同面食一般苍白，在俄罗斯所有的肠类食物中是最便宜的，切片，数量并不多。

塑料袋里还有面包，旅馆房间里的温度并不低，亚历山大老头似乎并不担心如面包这样的食物极易变质，而门旁的电视下面，明明是有冰箱的。也许只是习惯问题？亚历山大老头莫不真是曾经被流放到萨哈林的可怜人？

面包吃得有些鬼祟，并没有拿出来，而是捧着不透明的塑料袋，吃几口面，从塑料袋里揪出一块面包，塞进嘴里，再拣一片火腿肠从边缘咬下一小口。

俄国人必需的餐后水果，是两个不及普通大小的圣女果。两个，并非是虚指，确实只有两个，塑料袋里看起来还有不少，但那不属于今天的晚餐。数量少，但吃的过程却并不能疏忽，仍然是要切成片，洒上盐，再用叉子叉起来优雅地送进嘴里。

亚历山大老头有一把刀，真正的金属打制的刀，可是却没有一把真正的叉子。他用的是之前方便面里的塑料叉——今天这盒方便面里的塑料叉已经收在了床头柜的抽屉里——塑料叉中间的叉齿已经全部折断不见了，仅有两边的塑料齿框可以勉强使用。

我从衣柜里拖出我的巨大的背包，背对着亚历山大老头把所有的零碎都掏出来摆在床上。我记着我有一把金属的勺子，虽然不是叉子但用起来总好过破碎的塑料叉。我想送给亚历山大老头一把金属的勺子，可是，我却怎么也没有找到，一定是落在家里了。

我从来没有在旅途中因为遗忘了某件零碎的无足轻重的东西而感觉沮丧，感觉伤心。

亚历山大老头陈旧的西装外套衣兜里，装着他的眼镜。眼镜腿早已经断了，系着一条白色布带代替。

一起从衣兜里掏出来的，还有一张不知道从哪儿的报纸上撕来的填字游戏。巴掌大的一片报纸，边缘撕得支离破碎。他却没有笔，我终于可以送给他些什么，我的廉价的塑料圆珠笔。

亚历山大老头的填字游戏玩得相当顺利，所以他应当是有过不错的教育经历的。却被最后一横难住了，轻轻笔点着，喃喃念叨着，怎么也想不到答案。他几次试图寻求帮助，几次回身张望其他室友，却并没有人注意到他。

知道我想和他交换电话号码，亚历山大老头这才开口寻求别人的帮助。显然对于其他长住的房客的情况他是清楚的，他知道黑头发的俄罗斯人可以说几句英语。小伙子也叫亚历山大，哈萨克斯坦人，我

深夜旅馆里玩着填字游戏的亚历山大老头

往返乌兹别克斯坦的时候，就在他的城市阿拉木图（Алма-Ата）转机，这点微不足道的共同点让我们很是高兴。亚历山大从中亚最富裕的哈萨克斯坦旧都来到遥远的东西伯利亚，在哈巴罗夫斯克郊外的金矿做井下工人。昨晚的夜班，让他今天看起来有些憔悴。

他的爱好，却与我有莫大的关联。不像一般的俄国人，只喜欢袋泡红茶，亚历山大喜欢一切真正的叶茶红茶。他打开自己的衣柜，捧出的盒子里收藏着他的装在小牛皮纸袋里的不同茶叶。而且，都是中国茶。

乌龙茶、铁观音，还有大红袍。

亚历山大问我有没有杯子，他想请我喝茶。可是我却替他舍不得，用晚上喝茶会失眠来推辞。

其实我更想问问亚历山大关于亚历山大老头的情况，他的年龄？为什么来到哈巴罗夫斯克？如何谋生？可是又觉得这样未免太不礼貌，而且金矿工人显然又乏又困，捧着洗干净的茶杯自去睡了。

现在，已经是午夜。

我很想继续看着这一切，或者继续在这一切里，但是要赶明天凌晨的列车，也必须要睡觉了。

忽然又觉得全无所知才是最好的。

权当一切永恒如此。

明天，以及以后的夜里，亚历山大老头还在这家旅馆，吃晚餐，玩填字游戏。

就像今夜，我在近旁。

06

那里林木疏朗，
草甸越过河水漫延天际

太阳升起以后，西伯利亚铁路上车窗无法打开的列车车厢，仿佛行动的花房。

俄国男人赤裸上身，彼此坦诚相见。倒是没有人感觉难堪，难堪的是一些失去了遮蔽的气息。

我的对面下铺的女人，从洗手间回来以后，身上也只剩下短裤与背心，失去了遮蔽的是仿佛西伯利亚冬日积雪般的脂肪，相比起来我真是清癯到几近病态。

她并不介意，可能所有俄国女人都会有坦然接受自己终将无可遏止的体型的那一天。她也并不介意展示导致这一切的过程——她从随身携带的两大包食物中取出一小部分作为她的午餐：黑面包与黄油；香肠与果酱；土豆浓汤；西红柿与香蕉；饼干与蛋糕。

一杯袋泡红茶，加一块方糖。两块方糖。停顿片刻，仿佛忽然有一丝微不足道的内疚掠过心头。但是转瞬而过，于是向杯中加上第三块方糖。

关于俄国女人，世人普遍的误解在于，她们年轻时如西伯利亚严寒般紧致的身材，是在某一天忽然臃肿的。就像美丽的姑娘，在某一夜忽然成为老妇人。这显然是不正确的。大多数俄国女人还在很年轻的时候，已经开始发胖。世代生活在高纬度寒冷地带，钟情于高热量食物的生活习惯，是嫉恨别人美丽的巫婆。懒于抗争的姑娘，早早身中蛊咒。误解之处在于：人种原因，俄罗斯女人的脂肪只会堆积在身体上，除非年华老去，否则她们的面孔始终会是袖珍而精致的。不像可怜的中国女人，即便只有那一点多余的脂肪，也会像醉酒的颜色，只挂在脸上。

若不是加太多的糖——俄国人爱糖胜过爱俄罗斯——更多饮茶而非咖啡，也许是俄国人的饮食习惯中的唯一可取之处。

在西伯利亚的列车上，如果试着表现得像一位俄国人，最好的方法就是立刻向乘务员要一只茶杯——普通的玻璃杯，放在一只锡制杯托里——花上十几卢布买一袋俄国产的便宜袋泡红茶，当然糖是免费的，然后熟稔地泡上一杯红茶。如果是自带的茶杯与茶袋，那简直是毋庸置疑的老俄国。

离开旅馆的时候，凌晨六点，还是黎明前的黑夜。

离开不过是背起昨夜已经收拾齐整的背包，开门，关门。甚至无须开灯，悄无声息。

我几乎想吵醒亚历山大老头道别，但是在我的旅途与他的旅馆，无时无刻不在与人道别，那么我又何必以为我们的道别与众不同？虽然我有些不舍。

走到公交车站的路上，空无一人，落叶也只是脚下的窸窸窣窣。好在哈巴罗夫斯克的公共汽车开行很早，站台旁泊着一两辆车，三五个人。大多是和我同去火车站的，站台后出售食物的亭子橱窗紧闭，没有滚烫的红茶，人们跳着脚。

继续之后的旅途，由哈巴罗夫斯克前往乌兰乌德（Улан-Удэ）的，还是207次列车。

哈巴罗夫斯克火车站，比起符拉迪沃斯托克火车站要简单很多。一层而已，两翼售票与候车，正中的大厅，前门进，后门出，十数步外已是最靠近候车楼的一号月台。没有安检，大厅执勤警察唯一可做的，就是赶出混迹在候车楼里取暖的无家可归者。这并非什么尖锐的矛盾，实在是候车厅座位有限，所以彼此温和。衣服还算新鲜的年轻人，又走回来，在大厅里几台自动售货机前逡巡，瘦弱地佝偻着腰，看来是想买些食物，但最终还是放弃了。没有钱，或者买不起。

被赶出候车楼的无家可归者，只能坐在哈巴罗夫雕塑两侧的广场长椅上，裹起所有的衣服保暖。忽然有鸽子惊起，纵身飞上哈巴罗夫，黑黝黝的，像是船舶海盗头目肩上的乌鸦。

今天的207次列车没有延迟，清晨八点，正点到达。

那时候，血红色的朝阳正从哈巴罗夫身后的哈巴罗夫斯克燃起。阳光还没有越过候车楼，阴冷的月台上，七号二等卧铺车厢外穿着俄罗斯铁路夏季裙装制服的乘务员，并拢身体，瑟瑟战栗。

207次列车上的旅客，在哈巴罗夫斯克几乎下空，上车的旅客也并不多，直到发车时依然空着大半铺位。正因为如此，我才幸运地买到一张下铺车票。

对面下铺的女人，是在两个小时车程后的比罗比詹（Биробиджан）上车。

比罗比詹只是阿穆尔河中游比罗河（Биро）与比詹河（Биджан）交汇处的一座十万人左右的小城，但是作为俄罗斯犹太自治州（Еврейская Автономная Область）首府的比罗比詹却又极为著名。

无论是作为大清国的领土，还是在《瑷珲条约》之后的俄罗斯领

清晨的哈巴罗夫斯克火车站

土，比罗河畔的比罗比詹从未有犹太人定居。斯大林时代，为迅速增加远东人口，同时也为苏联国内两百万犹太人寻找安置地，苏联政府在此地建立犹太自治州，虽然苏联犹太人更希望前往紧邻欧洲的土地肥沃的克里米亚。

　　即便不是理想之地，十九世纪末、二十世纪初在俄罗斯饱受反犹太主义迫害的犹太人，依然大量拥入比罗比詹，从遥远的白俄罗斯、乌克兰、甚至美洲、中东拥入"斯大林的锡安"（Stalin's Zion）。可是，远东的犹太人自治州，是全然不宜生存的沼泽地区，犹太人大量拥入又大量逃出，极盛时期人口也不过三万左右。苏联解体以后，俄罗斯犹太人可以移民以色列之后，现在远东犹太人自治州的犹太人仅余数千人左右。

西伯利亚大草原

如果时间足够，我很想能在比罗比詹停留，像在布哈拉那样，在街巷间寻找意第绪语与六芒大卫星，但是俄罗斯给予中国人的旅行签证最长只有三十日有效期。西伯利亚铁路全程耗费在列车中的时间即有七天，剩下的时间如果分配给沿线的许多城市，实在令人为难。即便这已经是我的第二次西伯利亚铁路旅行，我依然无法安排出在比罗比詹停留的行程。

　　我只是希望可以踏足在比罗比詹火车站的月台，就像在维亚泽姆斯基，然而如此微不足道的希望也落了空。207次列车只在比罗比詹停靠五分钟，除了到站的旅客，乘务员不再允许其他人下车。

　　在比罗比詹的上午，还没有暖起来。堵在车门口身材瘦小的乘务员，制服外加套了一件薄线衫。她不让我下车，她表情严肃，但我还是很喜欢她。我喜欢她的圆鼻头，还有脸上淡淡的雀斑。这让她看起来其实是亲切的，虽然面无表情，但更像是学着做大人的孩子。

　　道路漫长，停靠五分钟的已经是较大的火车站。沿途更多的是只有一分钟停靠或者倏忽而过的小站。

　　小站有不同的名字，却有相似的候车楼。尖顶的红砖或者青砖砌成的候车楼，月台上站着身穿制服或者常服的站务员，捧着白色的圆牌，静静地看着列车驶过。

　　甚至还有木屋，被雨水染黑的木屋，远远在铁道旁的山坡上，在山坡上的白桦林间。阳光穿过玻璃窗，站务员站在窗后，让列车能看见自己的面孔与圆牌。

　　我忽然觉得，比起比罗比詹，我更希望能够在这样的小站下车。而且，错过这些小站才是真正的遗憾。比罗比詹我总可以下次再去，而这些小站是回不去的。

这些小站之外，会有一座怎样的小镇？初建西伯利亚铁路时代的小镇？还是苏联时代开发远东的小镇？

可是这样的小镇，只怕小到还不足以接待一位外人。

我毕竟没有足够的勇气，在这样的小站跳下火车。我很羡慕那个人，在那只有一栋蓝色小屋的火车站，一个人背着一只旅行袋独自下车。出站口门外一条蜿蜒远去的土路，土路的尽头是一条河，河上有一座木桥，过桥是河谷中的村落。

他的家在那里。

那里林木疏朗，草甸越过河水漫延天际。

边铺上铺的男人醒来，赤裸上身坐到下铺准备午餐。

精瘦的身形必然意味着饮食的真正节制，全部午餐不过是一盒方便面与土豆泥，虽然用自带的咖啡杯冲泡的红茶也加了两块方糖。

在车厢里吃方便面是一件略有些危险的事情，西伯利亚铁路建成一百余年，路基总不如新建的铁路平坦，列车摇晃得厉害。上铺男人端着加满开水的方便面回来，一个趔趄，开水荡出洒在我的身上。烫着我了，不过我是一个非常善于审时度势的人，他面相凶残，所以我微笑着忍气吞声，表示完全不介意。

而事实上，他是典型的面恶心善的那种人。整节车厢，只有首尾两端的乘务员室与洗手间对面的车窗可以打开，我始终站在洗手间门外，这样可以透过打开的车窗拍些照片，虽然灌进车厢的没有经过行动花房加温的西伯利亚的风依然寒冷。窗下是车厢的垃圾箱，所以车厢里的所有旅客都会走过来，打开垃圾箱的盖子倒垃圾，顺便看看我。

只有他会和我比画着聊上几句，告诉我开合窗帘的机关，告诉我我要去的城市，乌兰乌德（Ulan-Ude）在俄语里正确的发音——虽然其间有分隔符，但是之前的辅音与之后的元音依然需要连读，所以应为"乌兰奴德"。

他将去往赤塔。

他说自己是乌克兰人，家在乌拉尔（Урал）的彼尔姆（Пермь）。

而对面下铺的女人，终点是伊尔库茨克。

有趣的人，都在与我的23号下铺相邻的卧铺敞间。

27号下铺的俄罗斯老头，上车时依然宿醉未醒。整个上午都在酣睡，直到被曝晒在身上的阳光热醒，然后掉头冲内，却迷糊得没有把枕头一并从阳光下解救过来。既然找不到枕头，索性支肘撑着脑袋侧躺，学卧佛姿势继续醒酒。

年长的俄罗斯人，搭长途列车仿佛野餐一般写意，提着的都是别无二致的竹篮。

覆在竹篮上的印花粗布，铺在小桌上就是桌布。整个的大列巴（Хлеб，俄语面包）摆在桌布上，残余的酒精支使着老头开始挑嘴，只是抠出面包瓤儿，挤上一大团沙拉酱吞下，不时再就一口玻璃瓶里的腌黄瓜汤。

要命的，是床头的黑塑料袋里，还有一瓶伏特加。一九七一年至一九七四年出任《纽约时报》驻莫斯科分社社长赫德里克·史密斯（Hedrick Smith），后来在他那本著名的《俄国人》一书中是怎么说的？

在西方，没有什么可以与俄国人喝伏特加酒的情况相比。像贪污腐化一样，伏特加是俄国生活中的一种不可缺少的润滑剂和逃避现实生活的途径。只要提一下伏特加这个词就会使俄国人馋涎欲滴，兴高采烈起来。如果要把有关伏特加的种种知识——从表示喝酒的轻轻拍几下喉咙，到俄国人所独创的暗示"让我们喝酒去"的大量流行的谚语——都加以说明，那就非得写一部大百科全书不可。伏特加能减轻生活的紧张程度，帮助人们开始互相了解。许多俄国人会说，除非他们同一个人认真地喝一次酒，否则他们是不会相信这个人的。喝伏特加酒是带有大丈夫气概的象征。

与坐在边铺看风景的我视线相对，老头鬼鬼祟祟地露出黑色塑料袋里的伏特加——搭乘俄罗斯铁路列车是严禁饮酒的，而为了遏制愈发严重的酗酒问题，这一禁令甚至扩大到所有公共场所——然后向我拍起了喉咙。

我觉得我宁可回泼一碗开水在乌克兰人身上以示报复，也不敢接受任何俄国人喝伏特加的邀请，我果断拒绝。

俄罗斯老头再也不会相信我了。

但是他却并没有放弃寻找一个酒友的企图。冲着躺回上铺的乌克兰人吹口哨，被酒精控制一半的嘴唇也不听使唤，口哨吹得嘘嘘的窝囊极了。

他也不再相信乌克兰人。

老头隔壁的卧铺敞间，唯一的男性旅客，是31号下铺与我同在哈巴罗夫斯克上车的年轻人，显然不是斯拉夫人，始终不言不语，后来开始读一本有蚂蚱举手站起来那么厚的法语小说，我才知道他来自哪里。他对车厢中的一切全无兴趣，甚至是车窗外西伯利亚的风景，自然也不会是老头可能邀约的酒友。

老头对面下铺的俄罗斯年轻人，裸露的上身满是刺青，却不像在哈巴罗夫斯克向我索要钱财的年轻人身上的刺青那样精致，上臂内侧刺青的哥特体西里尔字母不但拙劣，居然还有涂改。

他和朋友的车票没有买在一起，躺在车厢前段的朋友不时走过来，称他为亚历克斯——亚历克斯（Алекс）是亚历山大（Александр）的缩写与昵称，又一位亚历山大，全俄罗斯男人大约共用这一个名字。

亚历克斯流年不利，在奥布卢奇耶火车站（Облучье）之后，与朋友忽然被两名全副武装的俄罗斯警察带走，警察态度严厉，半晌才将两人放回。亚历克斯却不以为然，见着我，顽皮地吐吐舌头。

小灾未退，大难又临。

亚历克斯与老头

午餐后正睡熟，老头忽然拍起亚历克斯的大腿。老头的下酒菜是一只苹果，放在左手手心，右手攥拳，熊掌一般轻松击碎，可想而知力量。亚历克斯负痛醒来，表情惶恐。

被老头近在咫尺地拿定，亚历克斯告饶无门，九纹龙被李逵捉住比脸黑，全无讲理的余地。侥幸乘务员走过，不能被发现带酒上车，李逵这才略有收敛，九纹龙趁机脱逃，走到朋友的卧铺敞间避难。

老头摇晃着身体，挪到铺位外沿，探身在过道里，一声声催人泪下地呼唤：亚历克斯，亚历克斯！

亚历克斯坚定地成为第三名不可相信的人。

老头无可奈何，挪回小桌前，一口伏特加，一口碎苹果，不胜凄凉。

别洛戈尔斯克火车站（Белогорск），铝铸的列宁同志，站在候车楼内的月台上，挥手向前。

阿穆尔州（Амурская Область）的别洛戈尔斯克，人口尚不及比罗比詹，却是今天停站最久的火车站，我甚至可以从距离遥远的列车前部车厢走到候车楼，再出站看看傍晚的街景。

而其后同在阿穆尔州并且人口规模也相当的斯沃博德内（Свободный），却只停站短短的四分钟。而就是这四分钟，车厢却走空了一半。包括我上铺的年轻人，下车前又在七十升的背包里塞进两瓶啤酒，挂上自行车头盔，挎上电吉他，看起来像是一个流浪的美国人。他比我更早上车，可能是在符拉迪沃斯托克讨生活，不知道因为什么在今天回来，在夕阳中带着全部家当归家。

夕阳染红西伯利亚之前，车厢里继续旅途的俄国人先染了色，白俄罗斯人纷纷化身为红俄罗斯人，摇摇晃晃地走过摇摇晃晃的车厢，

别洛戈尔斯克火车站

走过在窗前看夕阳的我，去车厢连接处偷偷摸摸抽烟。然后满身混合着烟草的寒冷的味道，口齿不清地和我聊天。

夜幕最后在希曼诺夫斯克（Шимановск）阖拢。
天际一道彩虹，大约是透过夜幕缝隙的另一个世界的光。

07

我的院子里就是无尽的西伯利亚

雾是在太阳升起以后才有的。

雾只在遥远的林间，林间的木屋湿漉漉的，雾也许只是蒸腾而起的水汽。

雾忽有忽无，忽起忽落。忽然浓雾，仿佛山火的浓烟。滚滚而来，滚滚而去。

雾匍匐在河面。雾填平了河谷。

雾大概是西伯利亚的炊烟，收割后的田野散落着麦草垛。

有时会有一缕真正的炊烟，淡淡的青色，爬出木屋尖顶上的烟囱。

木屋前有院子，院子就是一片广阔的草原。

广阔的草原筑起篱笆，辟出菜地。菜地与篱笆之间散落着木柴垛。

如果可以，我想在西伯利亚的草原林间有一栋木屋。我想在某年冬天，就住在那栋木屋里。

当然不是永久。所以我的木屋最好距离某座西伯利亚铁路小站有一条小路，当我厌烦这一切的时候，我可以搭下一班列车离开。

不需要电力。我有一些书，许多蜡烛。

我有许多食物，俄国人喜欢的可以抵御严寒并且可以贮存的那些食物：大列巴、黄油、奶酪、酸奶油、牛奶、腌猪肉、香肠、腌黄瓜、土豆、萝卜。

红茶，方糖。

土豆和萝卜深埋在地窖里，其他食物在屋外冻着就好，冬天的西伯利亚可以保存除却温度之外的世间万物。

还有高高的木柴垛，壁炉里有不熄的火焰。

而我的院子，我的院子里就是无尽的西伯利亚。

醒来的时候，只是赤塔时间清晨七点，列车停站在阿穆尔州西境的叶罗费伊·巴弗洛维奇（Ерофей Павлович）。

月台一片寂静，小卖部的房檐下，还亮着一盏昏黄的夜灯。

昨夜睡得很糟糕。

虽然下午车厢里燥热难耐，但是日暮以后，温度迅速下降，夜寒，人如身浸冷水。

这才不过初秋，可想而知西伯利亚的深冬。

西伯利亚铁路长途旅客列车的等级，显而易见地体现在列车车次编号之中：编号数字越小，列车等级越高。条件比较优越的列车，编号集中在一百以内。最顶级的列车，甚至有独立名称，称之为品牌客运列车，比如往返莫斯科与符拉迪沃斯托克之间的最著名的001/002次列车俄罗斯号（Россия）。俄罗斯铁路列车，票价的差异不仅体现在不同的铺位，也体现在不同等级的车次，甚至在九十天车票预售期内的不同时间购票，价格也不相同。所以虽然同乘一趟列车，同在一节车厢，相同的出发地与目的地，旅客彼此之间的车票价格也是千差万别。往返符拉迪沃斯托克与西伯利亚南部科麦罗沃州（Кемеровская

Область) 工业城市新库兹涅茨克（Новокузнецк）的207次列车，价格低廉，自然也没有舒适的条件，入夜的暖气微不足道。

没有棉被，一床薄毛毯让寒冷无法忽略地扰人入眠，我不得不从行囊中翻出冬衣裹在身上。

更加令人不胜其扰的，是边铺的乌克兰人，还有熄灯以后坐在他身边和他聊天的伊尔库茨克女人。

即便是在冷漠的俄罗斯，人们也终会在漫长的旅途中熟络起来，更何况孤男寡女？

只是没有想到，伊尔库茨克女人除却有着易胖的体质之外，还有易笑的体质。我无数次略有睡意，无数次被她肆无忌惮的笑声惊醒，虽然塞紧了德国产的上等耳塞。

乌、俄、中三国人民陷入无休止的爱恨情仇：

乌克兰人说笑话，俄罗斯人捧场大笑，中国人在铺位上坐起表示请小声；乌克兰人表示歉意，俄罗斯人收敛笑声，中国人重新躺下。

然后当中国人略有睡意的时候，乌克兰人再次开始说笑话……

我忍无可忍，起身去向乘务员投诉。

圆鼻头的乘务员随我走回铺位的时候，乌克兰人与俄罗斯人已经远远坐在车尾。

只睡了片刻，天际的落叶松林的上方，已经有一抹红黄。

在我彻底清醒之前，我始终沉浸在关于我的西伯利亚小木屋的幻想之中。

无数幻想之中。

醒酒的老头起得也早，从行李里掏出一柄长刀，竹篮里摸出一盒牛肉铁皮罐头。左手把罐头摁定在桌上，右手持刀捅进铁皮罐头上盖的边缘，双手逆向旋转罐头与刀，娴熟而漂亮地切开半圆上盖，就势翻刀撬起，对折压平，露出的罐头口沿上，凝满乳黄色的牛油。

哈巴罗夫斯克上车的前夜，在旅馆附近的食品超市里，我也想买几盒肉罐头。不过所有肉类的铁皮罐头，都没有易拉环，严实得仿佛是世间先有肉，然后围绕着肉铸造了铁皮罐头。只得放弃，我没有开罐头的刀——其实在看到老头开罐头的方法之前，我甚至不知道要怎样打开那些铁皮罐头。铁皮罐头也许不是必需，但是必需的是切面包与切香肠，总之在俄罗斯，没有一把好刀，是很难生存的。

在俄罗斯尽可以随意带刀。某些公共场合，比如火车站有禁止携带枪支的警示，然而并没有安检，所以是否佩枪乘车，似乎也只是全凭自觉。

对于俄国人而言，酒精才是穷凶极恶的。

其他都还好，玩具而已。

莫戈恰（Могоча）。

在由主体为原赤塔州（Читинская Область）合并阿加布里亚特自治区（Агинский Бурятский Автономный Округ）构成的外贝加尔边疆区（Забайкальский Край）的莫戈恰，终于等来了可以驱尽夜寒的阳光。

列车停在前一站阿马扎尔（Амазар）的时候，阳光即已越过远山，落在月台。睡眼蒙眬的亚历克斯迷糊地以为阳光是温暖的，光着膀子——昨晚他就光着膀子盖一床被单睡了整夜，如果这个世界毁灭于科幻电影中无尽的严寒，那么最后幸免的一定只有俄国人——和朋友下车抽烟晒太阳。没想到清晨的阳光除却照明，别无他用，冻得他团起身子蹲在地上，吐出的烟也在延续着全身的颤抖。

莫戈恰火车站月台上的阳光，终于温暖了，整列列车几乎下空，

阿马扎尔火车站

全部人马声势浩大地站在月台上，晒太阳，抽烟。

那一刻，还有什么能够比西伯利亚的寒夜过去之后的温暖的阳光更令人感觉愉悦？

我站在火车站穿越铁轨的天桥上，远处是我可能永不会到达的莫戈恰。阿马扎尔河河谷间只有一万人口的莫戈恰小镇，没有高楼大厦，只有一栋又一栋西伯利亚的木屋。

另一座如此相似的小镇，是傍晚经停的车尔尼雪夫斯克（Чернышевск）。

车尔尼雪夫斯克火车站尖顶的候车楼上，镶嵌的车站全名是车尔尼雪夫斯克－外贝加尔斯克（Чернышевск–Забайкальск）。站名冗长，意义却很清晰。地在外贝加尔——俄国人的地理观毋庸置疑是以莫斯科为原点的，贝加尔湖在莫斯科以东，贝加尔以外，即是在贝加尔湖以东。——地因俄国著名作家尼古拉·车尔尼雪夫斯基（Николай Гаврилович Чернышевский，1828-1889）而得名。车尔尼雪夫斯基人生中三分之一的时间，因政见不容于俄罗斯帝国政府，被流放在西伯利亚苦役，直至生命的最后几年，才获准回到伏尔加河流域的家乡。将外贝加尔的此地以车尔尼雪夫斯基命名，自然是为着纪念他在西伯利亚的悲惨岁月。

车尔尼雪夫斯基最初被判处的七年苦役之地在贝加尔湖畔的伊尔库茨克，其后再被流放至更东更遥远的雅库特（Якутия，雅库茨克即是雅库特共和国，今称萨哈共和国的首府）与维柳伊斯克（Вилюйск）。车尔尼雪夫斯基往返两处流放之地，必然途经此地——车尔尼雪夫斯克。但是除此之外，车尔尼雪夫斯基与车尔尼雪夫斯克之间还有其他什么切实的联系，我不得而知。

不过无所谓了，如今这联系已经密不可分，并且永不可分。新涂刷银漆的浓髯的车尔尼雪夫斯基就在候车楼前的月台上，握着一本书，侧首看着从候车楼进进出出的旅客。

更多进出火车站的旅客，并不经候车楼，而是穿行一条直通月台与站外大路的便道。所谓大路，不过是一条略宽些的没有任何修筑痕迹的土路。车尔尼雪夫斯克毕竟只是另一座一万人口的小镇，虽然207次列车在车尔尼雪夫斯克火车站要停站令人惊讶的三十分钟。

便道外的土路旁，摆着五张家常的方桌，方桌上摆满各种食物，各种形状的煎肉丸，各种肉馅的饺子与馅饼，洗干净的小黄瓜，点缀着香菜叶的水煮土豆，还有放倒隐藏在各种食物间的伏特加。看见有列车停站，原本聚在一处闲聊的包着头巾的女人，迅速散布在自己家的桌前，揭开覆盖在食物上的白布。无须她们吆喝，对于经常往来此地的旅客而言，瞬间便会围满她们的方桌。

我也抢购到了我的晚餐。现在已经很难想象，最初在西伯利亚铁路沿线以向旅客兜售食物为营生的，居然更多的是中国人。《旅苏纪事》中，马员生写到在一九二七年的西伯利亚铁路沿线："我们常下车买东西吃，除冷食外，也可买到热的肉丸子等。中国人开的食品小店，沿途到处都有，而且价廉物美。"物是人非，但却依旧价廉物美。一个发面制成的形似拍扁了的包子的油炸白菜馅馅饼，两个炸肉丸，三个煮土豆，和善的车尔尼雪夫斯克老太太只从我摊在手中的一把卢布中拣出共计一百三十卢布的硬币。只是两盒方便面的价格，不知道这是该解读为俄罗斯的乡下因物价便宜而容易生活，还是因为生活艰难而物价便宜。

　　捧着一包食物回返，略尝一口以为必然寡淡无味的土豆，没想到居然调过味，松软细腻，算得上是美味。面对美味食物，我的智商会

车尔尼雪夫斯克火车站外出售食物的小摊

迅速降低，像是入夜时西伯利亚的气温。完全顾不上什么关于俄罗斯乡下的思考，只惦记着要迅速回到车厢饕餮。

什么风景？车尔尼什么斯基？

车尔尼雪夫斯克火车站的食物，是今天入夜前唯一的喜悦。

莫戈恰站以后，窗外是漫长而枯燥的山林。紧临西伯利亚铁路的松林，完全没有无尽的草原那般壮阔美丽。而且大部分地区，荒无人烟，没有村落，没有木屋，没有通讯信号，也不知道在哪里。

只有一两处隧道能偶尔打破单调，就像昨天沿途所见的那样的隧道，黑暗狭窄而又漫长的隧道。隧道两端，无一例外地有值勤的武装岗哨。

昨天的哪里，在如收割后的麦田的草坡上，有木构的岗楼，蓝色制服的士兵背着步枪，仿佛是站在悬崖边上的守望者。

麦田里的守望者。

今天的哪里，条件没有那么简陋，紧临隧道口有一间营房，仿佛沿途那些小站。哨兵站在营房外，有营房遮挡风雨。门前一辆三轮摩托车，挎斗上卧着一条毛茸茸的脸色阴郁的大狗。

对于从哈巴罗夫斯克上车的我而言，已经是第二天的旅途，更远处的符拉迪沃斯托克上车的旅客已经是第三天的旅途，这么久的旅程开始让人感觉疲惫。下午的车厢里很安静，最吵闹的亚历克斯和老头打了会儿牌，也各自睡去。其他人或者在读书，或者在玩俄罗斯人永远不会玩腻的填字游戏，比如另一侧卧铺敞间里17号下铺的更胖些的女人，这一天她没有做别的，她填的字可能多过仓颉造出的字。

再过去的敞间，是三人同行的中亚人，他们更有旅行经验，随身带着一个接线板。洗手间对面可以打开的车窗旁边，与乘务员室对面相同的位置，是车厢中仅有的可以充电的插座。两天过后，插座旁变得非常繁忙，人们的手机电量大多已经耗尽。他们的接线板极大地提高了充电效率，我也得以在他们其中两人为手机充电的同时，占用了接线板上的另一个插座。

大家各说各话地聊起来，凭借读音，我知道他们是吉尔吉斯人，来自宗教极端势力泛滥的费尔干纳谷地，紧临乌兹别克斯坦边境的奥什（Ош）。

一个月前，我就在乌兹别克斯坦一侧与奥什隔两国边境相望的安集延（Андижан）。在费尔干纳与安集延，我已经久闻奥什的声名，四年前在那里曾经爆发吉尔吉斯人针对乌兹别克人的种族屠杀。在浩罕（Коканд）偶遇的从奥什逃难回到乌兹别克斯坦的伊连科（Илико），说起自己在屠杀中被殴打致死的表弟时，依然难掩对奥什的痛恨。

坐在垃圾箱盖上的米克特依别克（Мыктыбек），面容清秀，看起来还是学生模样，可以说几个简单的英语单词。另一位梅肯什·库卢埃夫（Мыкыш Таштанбекович Кулуев）年长一些，已经是三个孩子的父亲，但是实际年龄远比看起来年轻，不过才二十七岁。午餐的时候我就注意到他，一个人坐在边铺，非常仔细地把随身带着的西红柿切块，洒上盐作沙拉，切片面包夹整片黄油，红茶加三块方糖，饮食习惯已经基本俄罗斯化。不同在于，基于宗教的饮食忌讳，切片面包里少了俄罗斯人必需的红肠。

说起宗教，梅肯什反问我是不是有着与他同样的信仰。

我说不是。

然后，完全出乎我的意料，他忽然用右手掌平滑过颈前，向我比画出一个割喉的动作。

吉尔吉斯旅客梅肯什·库卢埃夫

……

反而是看起来凶恶的乌克兰人，为昨夜影响我休息的事情向我道歉。

克拉夫琴科（Кравченко），他反复向我解释，大意可能是俄国人嘛，无所谓这些事情的。而且为了进一步表达歉意，他居然送给我一支有着俄罗斯铁路标志的金属圆珠笔，远远好过离开哈巴罗夫斯克那夜我送给亚历山大老头的那支。

借助我平板电脑上英俄离线翻译软件糟糕的翻译，我们尝试着聊了更多。我才知道他与他的外貌有多么大的反差。他居然是赤塔的一名医生，而且酷爱艺术。

克拉夫琴科问我：为什么会喜欢俄罗斯？是因为俄罗斯的文学，还是绘画？

我说我喜欢西伯利亚铁路。

我问克拉夫琴科：喜欢中国吗？

他说当然，而且他详细地说明他喜欢中国的绘画与传统医学。

看着摆在我的下铺旁的方桌上，吃得空空如也的曾经装着馅饼、肉丸与土豆的塑料袋，我感觉到如暗夜般深远的羞愧。

无论在哪个时区，列车都会在当地时间深夜十点熄灯。

夜色明朗，繁星聚拢起来，守在天际各自的位置，等待黎明。

我坐在边铺，克拉夫琴科坐在我的下铺，伊尔库茨克女人伸脚搭在他的腿上，他在给她做足部按摩。

伊尔库茨克女人还像昨夜那样，不时地会笑起来，但是今夜的笑声却明显的轻柔许多。

我不知道克拉夫琴科是基于他的医生的本能，基于对中国传统医学的喜爱，还是基于调情的需要在做这一切。

克拉夫琴科将在午夜之后到达的赤塔下车。

我希望他们最后在一起的夜里，是在调情。

车尔尼雪夫斯克的月台上，立着西伯利亚铁路的里程牌。

一面写着6586，那是莫斯科的方向；一面写着6587，那是符拉迪沃斯托克的方向。

今夜，我已经走过西伯利亚铁路三千公里。

08

没有叶片，只有叶柄

　　布里亚特蒙古苏维埃社会主义自治共和国是构成俄罗斯苏维埃联邦社会主义共和国一部分的苏维埃社会主义自治共和国。一九二三年五月三十日成立。位于东西伯利亚南部，主要是在贝加尔湖东面和南面。贝加尔湖的大部分包含在布里亚特蒙古苏维埃社会主义自治共和国的版图内。共疆界的西面及北面与俄罗斯苏维埃联邦社会主义共和国伊尔库茨克省接壤，西南面与俄罗斯苏维埃联邦社会主义共和国图瓦自治省毗连，东面与俄罗斯苏维埃联邦社会主义共和国赤塔省交界，南面与蒙古人民共和国为邻。疆域面积三十五万一千四百平方公里。全国分为二十三区，有四个市和十个城市型的市镇。首都是乌兰乌德。

　　……

　　在苏维埃政权的年代内，由于社会主义建设的结果，布里亚特蒙古变成了具有高度发展的工业和大规模社会化农业的先进苏维埃共和国。布里亚特蒙古社会主义建设的成就，是东方殖民地各国人民为争取自己解放而进行斗争的榜样和号召。布里亚特蒙古经济和文化的发展给予苏联境外的亚细亚各国人民以巨大的影响。

在几个斯大林五年计划年代内，布里亚特蒙古苏维埃社会主义自治共和国在具有全联盟意义的工业企业的基本建设上，支出了将近十亿卢布。按工业发展的速度来说，布里亚特蒙古是各苏维埃共和国中居于前列地位之一的国家，这就显明地表示出列宁斯大林民族政策的成功。

二十世纪五十年代第二版《苏联大百科全书》(*Большая Советская Энциклопедия，БСЭ*)里，关于布里亚特的文字，就像苏维埃社会主义共和国广场集会上高音喇叭的呼号一般，激动人心。

如我的想象，乌兰乌德，曾经的布里亚特蒙古苏维埃社会主义共和国，现在的布里亚特共和国(Республика Бурятия)的首都，的确是一座具有浓烈的苏维埃风格的工业城市，当207次列车进入乌兰乌德城郊，车窗外所见的满是宏大的工业建筑，可以容纳全部西伯利亚的厂房，可以燃尽西伯利亚全部林木的烟囱。

只是没有想到，会那样破败。高大的同时也是残破的建筑，空荡荡的厂房与冰冷冷的烟囱，仿佛兵燹烬余的战场。围墙外依然是崎岖的土路，旧式的载重卡车碾过泥泞，奔跑的孩子们跳过一个又一个水坑。

路旁尖顶的砖楼，还嵌有建成的年代：1955、1958。

走出乌兰乌德火车站，所见着的乌兰乌德，也远不及符拉迪沃斯托克与哈巴罗夫斯克繁华。火车站前等待乘客的出租车，更多的只是旧款的苏联时代的拉达(Лада)与日古利(Жигуль)汽车。与我同在乌兰乌德下车的，只有31号下铺的法国人，胸前挂着出租车字样的司

机迎上来，看见我们俩并没有租车的意思，便走回候车楼前自己的车旁，继续啜饮手中一小杯热气淡漠的咖啡。

棕色卷发的法国人，蓄着普希金式的胡须。从哈巴罗夫斯克到乌兰乌德的两天两夜，悄无声息。而且饮食也极为自制，他那瓶在哈巴罗夫斯克带上车的矿泉水，直到下车的时候仍然余着一半。自制的人，也是谨慎的，上车检查护照与停站采购食物的时候，能看见他收纳贵重物品的贴身护照包，紧系在腰间之后，还要掖在牛仔裤腰带以下，小腹的位置。其实在俄罗斯，这是非常必要的。在斯拉夫扬卡拯救我的那两位中国人，在开往乌苏里斯克的团车上特别告诫我，乌苏里斯克车站有专注于偷窃旅客护照的贼，一旦得手，立刻会向苦主勒索一万卢布以上的赎金。

他的背包不大，特别的是在背包外绑着一把比背包还高的白柄透明雨伞，看起来像是将要行走在烟雨迷离的法国南部的某处田原，而不是尘土飞扬的外贝加尔的工业重镇。

法国人停在公交车站神色茫然地张望公交车牌，我步行可去距离火车站不远的苏维埃广场旁的旅馆，转身离开时却险些被从公路对面闯红灯跑过来的冒失的俄国人撞翻。

居然是亚历克斯，提着一大包不知道从哪里买回的食物与啤酒。乌兰乌德是西伯利亚铁路与蒙古纵贯铁路（Trans-Mongolian Railway）交汇处，著名的北京—乌兰巴托（Улаанбаатар）—莫斯科国际联运干线铁路列车由蒙古国进入俄罗斯以后，即在乌兰乌德接轨西伯利亚铁路西行。作为西伯利亚铁路重站的乌兰乌德火车站，经行的旅客列车大多会停站许久，甚至长达一个小时，所以亚历克斯有足够的时间出站采购。

清晨，在日出前醒来。

那时候，是在巴达火车站（Бада）与彼得罗夫斯克火车站（Петровский Завод）区间某处。列车正在转过一片山谷，山谷间填满水雾，浩淼如海，忽然间我以为我看见的是贝加尔。

海上飘浮着许多木屋的尖顶，仿佛原本有一间巨大的木屋昨夜在海中被风暴击沉，早晨重归平静的海面上遍布碎片。太阳在山谷后跳起，我没有想到太阳爬升的速度会那样迅速，只一瞬间，阳光已经充满外贝加尔。我可以看见另一侧窗外，列车投下的身影，身影中也有许多扇阳光明艳的窗。

事实上，接近乌兰乌德的外贝加尔湖的风景，是平淡的。鲜有广阔的森林与草原，更多的是山谷与丘陵，灌木低矮。村落也较远东更

清晨的火车站前街

为密集，沿着铁路分布，房屋齐整，有土路贯穿其间。

西伯利亚铁路的旅行，无论如何不能错过的是日暮与清晨。尤其清晨，水雾与晨曦会晕染一切枯燥，无论那时在西伯利亚铁路的哪里，无论那时西伯利亚的风景有多么乏味。

就像俄国人干涩的黑面包，即使吃不惯的，若有黄油奶酪或者浓汤肉酱来滋润，总还是会不错。

今天的阳光，并没有带来更多的暖意。

忽而转寒。

虽然穿着背心，虽然仍有阳光，但是亚历克斯又在颤抖。他还是那副顽皮的模样，舌头在嘴里弹响算是招呼，挥起塑料袋炫耀他的食物与啤酒，然后笑着跑回月台。

我还将会在冲洗出的胶片上看见亚历克斯，抽烟打牌晒太阳的亚历克斯。然而定格在我印象中的，只会是因为寒冷而不住颤抖的亚历克斯。

苏维埃广场在火车站的西南，候车楼却在火车站的东北。
绕过火车站，穿过铁路桥。

布里亚特人，是家园最北的蒙古人。
除少数散布于中国内蒙古鄂温克族自治旗、蒙古国东方盟（Дорнод Аймаг）呼伦贝尔苏木（Хөлөнбуйр Сум），布里亚特人大部分生活在贝加尔湖以东与以北。苦寒的西伯利亚，生存艰辛，族群规模大多极为有限，即便作为其中规模较大的布里亚特人，迄今人口也不过四十五万左右。所以在布里亚特人的自治共和国，多数民族仍然是俄罗斯人，布里亚特人不足三成。

十七世纪末，天山南北的准噶尔蒙古入侵大漠之北的喀尔喀蒙古，流离失所的喀尔喀蒙古人将其信仰的藏传佛教带入布里亚特。西伯利亚铁路在布里亚特最特别的风景，莫过于乌兰乌德郊外，忽而闪现的藏传佛教的覆钵式砖塔，恍若身在空气稀薄的青藏铁路。一七二七年（雍正五年），清俄《恰克图条约》之后，布里亚特正式并入俄国。

政府公职人员瓦西里·帕尔申（Василий Петрович Паршин，1805-1853）在他一八四〇年写于涅尔琴斯克（Нерчинск）的《外贝加尔边区纪行》一书中，记述了那时的布里亚特风情——他在乌兰乌德以及布里亚特同蒙古国接壤的另一重镇恰克图（Кяхта）所见到的：

> 蒙古人男女的装束几乎一样。他们都穿皮袍，皮袍用水獭皮镶边，间或也用海狸皮镶边，袖口也用同样的毛皮

镶一个长方形的边儿。紧挨前襟，袖口、下摆镶着毛边的地方，又贴上一道黑天鹅绒或棉绒，更常见的是镶一道色彩鲜艳的呢绒。皮袍用光彩夺目的绸缎作面儿，诸如锦缎或花缎之类，有时也用呢子。外贝加尔布里亚特人特别赏识专作皮袍面用的绣龙中国丝绸料。不太富裕的蒙古人也穿皮袍，不过他们不用珍贵毛皮，而用白羔皮或黑羔皮镶边。夏季，男女都穿肥大的布制灯笼裤，裤上两侧的口袋周围缝有很多金属片，冬季都穿皮裤。烟袋和皮烟荷包是蒙古男人装束齐备的必要饰物，也是像空气一样的必需品。蒙古人头上戴着镶毛皮宽边的小圆帽，顶上有一大簇红丝绒做的缨子，帽缨用一大块珊瑚或孔雀石固定在一个小金属圈上。帽子后面吊有两根红绦带或两条红色薄呢带。夏季的帽子外面用棉绒或天鹅绒镶边。

一百七十年后，也许在布里亚特的僻远之处还能见着帕尔申笔下本来模样的布里亚特人，但是在工业化的首都乌兰乌德，布里亚特人与俄罗斯人看起来并没有什么不同。

虽然是在忽然降温的西伯利亚，布里亚特姑娘们坚持着漠视寒冷的态度，除了裹紧风衣之外，腿上依然只有薄薄一层丝袜。比起同样身为蒙古人种的中国人而言，布里亚特人显然有着更好的身材，普遍更高而且肢体修长。部分略有混血的布里亚特人，发色也并非是完全的黑色，以至于我经常会从身后错认了布里亚特人与俄罗斯人。

不幸的是，该死的基因决定了无法改变的，是蒙古人种的大脑袋。尤为不幸的是，布里亚特人又是最为典型的蒙古人种。这时常会让同样身为大脑袋的我，对于某些身材那么好却又脑袋那么大的布里亚特姑娘有些感同身受的悲伤。

也许苏联政府是故意的？

乌兰乌德的城市中心，是苏维埃广场；乌兰乌德的城市标志，是苏维埃广场上的列宁同志。但是几乎与全世界的列宁雕塑不同，乌兰乌德苏维埃广场上的列宁同志，只是头像——并非是那种曾经广泛供奉在共产主义家庭中的胸像，确实仅仅只有头部，颈部以下即是大理石的基座。这尊高达七点七米的青铜雕塑，是在一九七〇年为着纪念列宁同志百岁诞辰而安置于此。然而铸造成这种世所罕见的造型的用意，却令人费解。既不美观，也不吉利，看起来像是从某尊更为巨大的铜像身上斩首而来。

所以关于乌兰乌德的列宁头像，长久以来，坊间流传着一些难以

列宁头像

明证的谣言。比如从来不会有鸟儿飞临列宁同志秃发的头顶恣意排泄或者营造出某种滑稽的视觉效果，是不是有某种机关可以驱散飞鸟？

这让我徘徊在苏维埃广场上，百思不得其解。而当许多和我同样大脑袋的布里亚特人穿行而过的时候，我忽然意识到苏联政府的用心何其歹毒？！

这分明是在故意嘲讽布里亚特人的大脑袋。

这个聪明的发现让我乐不可支。

我乐不可支地沿着苏维埃广场前的列宁大街（ул. Ленина）向南，向乌第河（Уда）河谷低地走去。

《外贝加尔边区纪行》书中的乌兰乌德，写作上乌金斯克（Верхнеудинск），这是这座哥萨克人一六六六年初建于乌第河河口的城市本来的名字。乌兰乌德，改名于苏联时代的一九三四年，意为"红色的乌第河"。红色的城区行政区域分为三部分，铁路区（Железнодорожный）、十月区（Октябрьский）以及我现时所在的苏维埃区（Советский）。这些具有浓烈的苏联时代共产主义理想的名称，如同苏维埃广场的列宁同志，一并全无改变地保留至今。

列宁大街在河谷低地的一段如今辟为步行街，也是乌兰乌德最初的商业街区。除却部分俄罗斯帝国末期的建筑，整体风格基本完整地停留在苏联时代。苏联时代的喷泉旁边，苏联的孩子飞奔而来，纵身越过苏联时代的长椅，惊起半街苏联的鸽子。

有个不丁点儿大小的布里亚特孩子，跑起来，转着圈儿驱赶落在他身旁的鸽群。鸽子能分辨出这只是一个构不成危险的傻孩子，所以也只是翻着白眼，不胜其烦却又无可奈何地浅浅飞起再落下。孩子却以为能惊飞鸽子是件了不起的成就，得意地越跑越快，越笑越大声，几近气绝身亡。

孩子戴着绒线帽，跑着跑着帽缘下坠，遮住双眼，却还在跑，直到咣当撞在报亭上，却还在笑；或者忽然摔倒在地，自己却站不起来，于是俯身在地，双脚继续蹬着空跑，却还在笑。孩子的母亲就在近旁，我们同样乐不可支，但是她会负责把撞翻或者摔倒在地的孩子提起来，归置好，立在地面，上好发条，让他继续跑。

后来，孩子实在跑不动了，喘得口水横流，母亲才把他抱在怀里。他以后将会是最典型的布里亚特人，小小的身体，却顶着一颗大大的脑袋。还有蒙古人种最标致的眼睛，像是横落在大大的脸上的两片白桦叶。

列宁大街上的布里亚特母子

没有叶片，只有叶柄。

我打算在乌兰乌德买一顶帽子，有着布里亚特式脑袋的我一直没有一顶合适的帽子。

可是没有想到，越近乌第河畔，越近列宁大街尽头的巴洛克式的圣－奥吉格特里耶夫大教堂（Свято–Одигитриевский Собор），却越是荒凉。

教堂左右随乌第河纵深的街道，同样停留在苏联时代，但已经不再是那些可以代表共产主义理想的气派的斯大林式建筑，只有木屋，一如散布在西伯利亚草原林间的那些木屋。

当然也是迷人的，可以近距离触摸那些由整根原木构建的房屋。雕花的木窗棂，随主人的喜好，刷上红色、蓝色或者白色的油漆，交

斯大林式建筑

老绅士

错在绿色的林树之间，就像窗棂后的窗台上，鲜艳的花。

　　不过，未免太过老旧了。就像在寂静的班扎洛夫街（ул. Банзарова）与斯莫林街（ул. Смолина）街口偶遇的戴着鸭舌帽的俄罗斯老人，绅士一般温文尔雅，可是毕竟太老了，每走十数步就要停下来，倚定拐杖喘息片刻。我很想帮助他，我很想与他同行一段，可是我却无能为力。

　　虽然近在乌第河畔，距离苏联时代也已久远，但是许多木屋仍旧没有自来水。街边有水井，有涂刷成美丽的天蓝色的井身，斯莫林街上打水的小姑娘，提着四五个大号的空矿泉水瓶，好奇地看着我，走过喘息的老人身旁，轻快地跳到街对面的水井旁，一瓶一瓶地取水。

　　可是，小姑娘取完水后回家的路，却变得和老人同样艰难。甚至走不到十步，也要停下休息。水瓶太重，串起水瓶的细绳勒得手又疼。水瓶放在路面上，搓起手，看着我，老绅士缓缓地拄拐走过她身旁。

阳光也淡了。

今天的外贝加尔，十四度。又渐渐阴沉，刮起大风，越来越冷。而我几天前在三十二度的远东的晒伤，还没有痊愈。

圣-奥吉格特里耶夫大教堂前冷冷清清，门外静默的乞讨者，裹紧了衣领。教堂之上的天空，不时有飞机掠过。高远的喷气式客机，还有老式的螺旋桨飞机，低空掠过，轰鸣着向西南飞去。

不知道是飞向乌兰乌德机场，还是西面更遥远的伊尔库茨克机场。

伊尔库茨克机场是我此生第一次踏足的俄罗斯土地。我永远不会忘记那夜还有那天清晨，在无尽的北方，在无尽的西伯利亚，飞机困顿在无尽的云雾之中。舷窗外只有绿色的机翼发动机，西伯利亚航空（Siberia Airlines）令人过目难忘的绿色涂装，像是掉进牛奶杯中的一粒豌豆。

西伯利亚航空飞往俄罗斯的班机似乎都是在无尽的午夜之后，两点半飞往哈巴罗夫斯克的航班与四点半飞往伊尔库茨克的航班，却都将在当地时间的清晨到达。当飞机终于穿透云雾，可能就在无尽的落叶松林上方十数米，远处是无尽的安加拉河（Ангара），没有晨曦中的波光粼粼，只是寂静地指引着伊尔库茨克的方向。浓阴的天气，似乎清晨也是无尽的。

伊尔库茨克破旧的国际机场停机坪上，各种老式的，苏联时期设计定型乃至生产的民航客机。喷气机，螺旋桨的，在阴冷空旷的天幕下，仿佛硝烟褪去的战场。天蓝色制服的机场安检人员，如同天气般寂寞地值守在舷梯与摆渡车之间，看着我们像是看着一群俘虏萎靡地

木屋区

走过，血红着一夜未眠的双眼。

苏联式的通关大厅，曾经接受共产主义教育并经历过社会主义赤贫的俄国人，与中国人同样地热衷于排队却又散漫于排队。排队等候效率有限的通关，海关关员坐在铁皮房间里，有一盏百无聊赖的日光灯。

苍白而且全无暖意的灯光，就像下午乌兰乌德的阳光。

我最终也没有买到一顶合适的帽子。

我躲进教堂里取暖，觉得上帝将我加热到足以穿着夏衣走回旅馆的时候，撞见了我出门时才住进旅馆的韩国人。

苏维埃广场向西，穿过二十世纪三十年代修筑的气势堂皇的歌剧院门前的广场，再走过一处不起眼的音乐学院，旅馆就在紧邻音乐学院的居民区里。

在音乐学院植满花草的庭院里，有一尊同样不起眼的普希金，阒寂无声。

房东是年轻的布里亚特女人，我只提起她有大大的漂亮的眼睛好了。她有我在这个世界上看到的最小的家庭旅馆，只是套一居室，客厅中三张双层床，卧室里首尾相连两张单人床以后，也就仅可容人出入了。

一如乌兰乌德所给予人的印象，这城市并不繁荣，所以旅馆租金同样低廉，我尽可以住在清静的单间，不用和客厅里常住的俄国人挤在一起。

韩国人有令我艳羡的旅程，他从英国伦敦出发，骑一辆大功率的本田摩托，横穿欧亚大陆。我向西，他向东，所以他的下一站将是我昨夜途经的赤塔。我因为他可以途经更多的城市而艳羡他的旅程，但是我从来不打算复制这样的旅行，太过艰苦的旅行方式会让人忽略其他，比如旅途中那些偶遇的人。

我本以为满身泥泞的韩国人会在旅馆睡觉，他看起来疲惫而憔悴，没想到他居然只打算在乌兰乌德逗留半日，所以当然还是打起精神看了看这座城市。他比我晚出早归，夜里一起坐在客厅的地板上，给他看我在朝鲜拍的照片。他不断和我说起他的韩国护照可以在途经的前苏联国家拿到落地签证过境，身为中国人也只有朝鲜这么一个韩国人无法旅行的友好邻邦可以表示本国护照总不至于全无用处。

夜深，当我在写这篇日记的时候，我的同屋才住进来。一个俄罗斯人，像我和韩国人一样，都是没有预订地找进旅馆再问有没有空铺。他并不愿意多花冤枉钱，但是客厅已经住满，无可选择。

我的戴眼镜的同屋，三十多岁的年纪，腼腆得像是一个女孩子。我问他从哪里来，他立刻从床上坐起来，礼貌地正襟危坐，告诉我：新西伯利亚（Новосибирск）。

新西伯利亚，将会是我的目的地。而他的目的地，是乌兰巴托。

明天他将开始他的第二次为期一个月的蒙古国旅行，他告诉我许多蒙古地名，他说他爱蒙古利亚。

我却更想了解他的新西伯利亚。

布里亚特房东把房间所有的墙壁都涂刷成温暖的粉红色。

她今夜睡在客厅的沙发上，沙发后粉红色的墙，居中有一张喇嘛像。

09

一股来自西伯利亚的冷空气

> 上乌金斯克坐落在色楞格河右岸的一个慢坡上。乌第河
> 在城区的东南部流过，河上架有一座浮桥，沟通两侧市区。
>
> ——《外贝加尔边区纪行》

那座桥，仍在那里。

清晨寂静的乌兰乌德，走下山岭般的列宁大街，绕过圣-奥吉格特里耶夫大教堂，乌第河北岸，堤旁一排浸透时间的木屋。

西伯利亚尖顶的木屋，檐下是镂空雕花的挂檐板。窗，三层的窗。内侧两层木窗棂的玻璃窗，在西伯利亚漫长的冬季，玻璃窗绝无打开的可能。只是在外层玻璃窗右手半扇的顶部棂格玻璃上再开小窗，衬上窗纱，冬日阳光晴好的日子，凭此通风透气。最外层是厚重的木窗门，门扇钉有铁钩，扣紧两侧木墙壁上的铁环，保持平日开敞。大约只在天气最恶劣时，才会紧闭窗门。而且，另有一柄铁闩可以从窗门外拦腰锁扣加固，可想而知西伯利亚狂暴风雪的歇斯底里。

桥仍在那里，一百七十年后，浮桥换作了铁桥。

乌第河水清浅却湍急，有早起在河边钓鱼的俄国人。抛入河水的

木屋

鱼钩被迅速扯远，水流扰动铅坠不住震颤，仿佛总有咬钩的鱼在垂死挣扎。钓鱼的人不断收线，虽然鱼竿同样弯如满弓，钩上却始终空空如也。

河水西去，在远方天际似生铁的云下，汇入最终流向贝加尔湖的色楞格河（Селенга）。

桥上的北风，像是铸冰而成的刀。

凌晨忽然惊醒，窗外依然是黑夜。

同屋的新西伯利亚人已经起床，在收拾他的行囊。依然悄无声息，一如他的腼腆。我蒙眬间看了他一眼，再醒来时，他已经离开。收拾整齐的床铺，仿佛昨夜从来没有人在那里睡过，没有一个新西伯利亚人，正在去往蒙古利亚的路上。

清晨如同未醒来的夜，浓重的阴云妥帖地覆盖住乌兰乌德。

那么冷，气温陡降至四摄氏度。

还有风，站在空荡荡的街头，屋里带出来的一些暖意，瞬间被劫掠一空。

我知道，我遇到了传说中的，"一股来自西伯利亚的冷空气"。

在工业城市的乌兰乌德，我并没有什么确切的目的地。

其实我可以走得更早，像正骑着摩托在西伯利亚的冷空气中奔向赤塔的韩国人那样，只在乌兰乌德一日即可，但是对于这座城市，我却有着特别的好感。我想多留一日，哪怕只是漫无目的地闲逛。

在铁路桥前右转。

没有再去火车站的方向。昨天在旅馆住定，出门即回火车站，买到明天去伊尔库茨克的列车车票。售票厅里冷冷清清，除我之外，只有一位身材可以在任何地方打破寂寞的姑娘。看容貌我以为她是漂亮的布里亚特人，可是却如我般无法与售票员交谈，直到她把护照递进售票窗口的时候，我才注意到封面的蒙古国国徽。

蒙古国虽然地在中国与俄国之间，虽然曾经强大到影响并且扭转了两大邻国的历史，然而近现时，左右蒙古国的却是更为强大的俄罗斯。蒙古国脱离中国独立，即与俄国布里亚特蒙古政客的推动有着莫大的关联。

俄语，是蒙古国蒙古人的第二语言，是俄国蒙古人的第一语言。在乌兰乌德，我甚至没有遇见彼此使用布里亚特蒙古语交谈的布里亚特蒙古人。布里亚特孩子们聚在列宁大街凯旋门旁的俄式快餐店里，像俄罗斯人那样吞着土豆泥与肉丸，用俄语谈笑，喉间满是弹跳着的大舌颤音。

好吧。在乌兰乌德同样不会有人听得懂我问路，事实上我也不知道我要去哪里。我在铁路桥前右转上博尔索耶夫大街（ул. Борсоева），向着列车来时的方向，只是隐约觉得也许我能走回来时见到的满是宏大工业建筑的乌兰乌德城郊。

博尔索耶夫大街，一侧是年代久远的楼房，斑驳的楼体墙面，不时镶嵌有一面手工凿刻的铭牌，铭刻着某些名字，某些时间。

即便没有身在俄罗斯多久时间，也很容易发现俄国人某些共同的逻辑，比如执着地以人名命名地名以志纪念的方式。

苏联解体之后，被恢复本名的列宁格勒（Ленинград）、斯大林格勒（Сталинград）、斯维尔德洛夫斯克（Свердловск）当为典型。但是事实上，俄国人的这种传统，起源于苏联之前，并且延续于苏联之后。更重要的是，这种传统不仅仅只针对政治领袖，而是针对所有俄国人觉得足以可以纪念的人物。

如果不可以像联邦政府那样命名一座城市，或者他并没有重要到需要以一座城市的名字去纪念，那就命名一镇一村，或者一道一街，比如博尔索耶夫大街。

一晃眼间，险些错过行道树后，一栋地基已经远远低于路面的旧砖楼上的博尔索耶夫的铭牌：

Борсоев

Владимир Бузинаевич

1906-1945

Герой Советского Союза.

Гвардии Полковник.

Прошел Боевой Путь

От Курской Дуги До Одера.

Погиб На Одерском Плацдарме.

Похоронен Во Львове

На Холме Славы.

感谢我们曾经共同的敌人的科技发明，我可以了解一些简单的俄语的意义：

博尔索耶夫

弗拉基米尔·布津纳耶维奇

1906—1945

苏联英雄。

近卫军上校。

作战经历：

从库尔斯克到奥得河。

战殁于奥得河前线。

他被安葬于利沃夫

荣誉山。

乌兰乌德以其工业基础，在苏联伟大的卫国战争——俄国称第二次世界大战期间的苏德战争为"伟大的卫国战争"，"伟大的"这个形容词是构成战争名称的一部分，不可割裂——期间，向前线提供了大量的战争装备，但是其本身并没有成为战争前线。苏联英雄博尔索耶夫从未在乌兰乌德作战，他的牺牲与长眠之地在遥远的乌克兰，之所

坦克纪念碑

以在布里亚特共和国的首都有一条以他的姓氏命名的大街，是因为博尔索耶夫是布里亚特蒙古人。

博尔索耶夫是出生于伊尔库茨克州（Иркутская Область）乌斯季奥尔登斯基布里亚特自治州（Усть–Ордынский Бурятский Автономный Округ）的布里亚特人。一九四一年战争爆发以后，同年才从伏龙芝军事学院毕业的博尔索耶夫投身于伟大的卫国战争，英勇，屡次负伤但又重返部队，直至战殁于胜利到来之前的一九四五年三月。

牺牲的时候，博尔索耶夫三十八岁，他没有看到两个月后的胜利。

昨天，在列宁大街闲逛，步行街南口转向东，穿过铺满白色碎石子的电车轨道，是乌兰乌德的胜利纪念公园（Парк Мемориал Победы）。纪念公园后的高台上，是一辆参加过卫国战争的 T–34坦克。坦克纪念碑下，浮雕着许多戎装的战争英雄。特别的是，他们都有与博尔索耶夫同样的蒙古人的面孔。

纪念碑前，有一孔若有若无的长明火。

博尔索耶夫大街，另一侧就是西伯利亚铁路。许多铁轨并行的西伯利亚铁路，遍布铁锈的轨道在阴郁的天空下看着凄清荒凉。一堵简陋的，遍布孔洞的围墙，围墙外交错着许多用作车库的集装箱或者木屋，贫民窟一般。

那会儿，就在西伯利亚铁路的上空，一群大雁正向南飞。

当我已经这么大年纪以后，才知道原来小学课文里写的是真的。

一群大雁向南飞，一会儿排成人字形，一会儿排成一字形。

真的，人字形队尾的大雁忽然奋力，向前，向前，排整齐了，又落下。

我痴心妄想地追随着它们，我想着我们应当在郊外分开，但是它们倏忽而远，而博尔索耶夫大街也不再紧邻铁路。

我回到列宁大街，穿过木屋区，走上乌第河铁桥。

那么冷。

铁桥栏杆上满是白漆的涂鸦，俄文的、英文的，还有中文的。还挂满许多锁，这是俄国人与中国人别无二致的风俗，以为爱情是可以锁住的。而且，越是锁在桥的正中，爱情便越牢固。

爱情是饱暖后的超道德，在寒冷的西伯利亚的冷风中，我最喜欢的是有人在栏杆上画着的大大的太阳。

还有，不知道是谁，写着：Rainbow, Come back!!!

彩虹回来的时候，阳光也会跟随而至吧？

乌第河铁桥

乌兰乌德的有轨电车票价十四卢布，比哈巴罗夫斯克的公共汽车票价便宜，这也是评价俄罗斯各城市经济水平的直观参照物。

驶过乌第河铁桥的沉重与陈旧的铸铁有轨电车，震动得桥体像是在寒冷中的颤抖。我跑过桥去，跳上电车，我打算整个下午换乘一辆又一辆有轨电车来继续我的闲逛，那样不至于太冷。

没有想到的是，我随意跳上的4路有轨电车的终点，正是我清晨隐约想要去的乌兰乌德城郊。

路旁有宏大的工业建筑，却似乎已经停产，低矮围墙后的厂区，空无一人。

圆形回环的电车轨道终点站，杂草蔓延向临近连排的赫鲁晓夫楼，人们依然居住在那里，那里一定是附属于厂区的家属楼。铁路围墙外，交错停靠着各种型号的载客汽车，背着行李的乘客与招呼乘客

扎乌丁斯基火车站天桥

的司机穿行其间，混乱得像是所有我熟悉的中国城市的城乡结合部。

有一座单薄的铁架天桥纵贯西伯利亚铁路，西伯利亚铁路列车在桥下漫长地游过，桥仿佛建在涟漪上，随着车轮撞击铁轨的声响波动。

来时在车窗外看见的建成于一九五五或者一九五八年的尖顶砖楼，就在铁路另一侧的普加乔夫街（ул. Пугачева）旁。走下天桥，其实是在一座名为扎乌丁斯基（Заудинский）的小火车站月台。尽可以随意出入的月台，围栏下的长椅上，坐着年轻的情侣，像是将要一同去向哪里。

或者只是像在公园里，把情话隐藏在往来列车的嘈杂声中。

与铁路并行的，是普加乔夫街的一段，33号至19号一排单数门牌的楼房，街在19号楼前转折。在有轨电车上游荡了整个下午，1路、

普加乔夫街

普加乔夫街的旧时代建筑

2路，再坐4路第二次回到终点，我才发现了普加乔夫街旁这排老旧的楼房。

已经是傍晚，忽然有阳光穿透浓密云层的裂隙，身上有久违的温暖。

虽然在楼前遛狗的俄国男人，面色依旧阴沉，但是阳光依然径直照亮了楼上斑驳的1958。

也照亮了远方，来时路上，低地中连片的年代久远的木屋。

那一刻，我心中的喜悦像是天空中忽然散开，各自跑远的云。我想，我是看见了帕尔申看见的乌兰乌德，帕尔申在一百七十年前看见的上乌金斯克：

> 远眺上乌金斯克，外貌很美，大小像一具精致的模型。

我对于乌兰乌德的好感，源于小阿廖沙（Алёша）和他的妈妈。

他们是我去年在西伯利亚铁路旅行时与我同在卧铺隔间中的旅伴，我们一刻不曾分离地度过三天三夜的漫长旅途。

从安加拉河畔的伊尔库茨克，到伏尔加河畔的下诺夫哥罗德（Нижний Новгород）。

他们是布里亚特人，他们来自乌兰乌德。

七岁的阿廖沙有典型蒙古人种的长相，却是漂亮的。但是不知道他曾经遭遇到什么灾难，身体上有大面积的烧伤瘢痕。侥幸面庞无恙，手脚也完好，不过自脖颈以下，躯干与四肢近身端瘢痕累累，皮肤增生严重。近午，阳光晒进车厢，因为燥热，阿廖沙不停地抓挠瘢痕，以致几处隐隐渗血。妈妈就撩开他的衣服，反复地用手掌摩挲，于是燥热的阳光又退回到车窗外，雾气散尽。

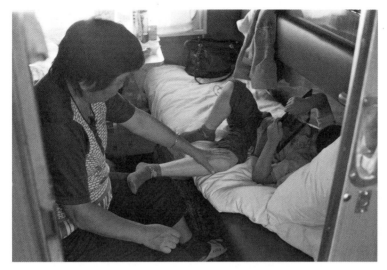

小阿廖沙和他的妈妈

　　距离莫斯科已不远的下诺夫哥罗德，即是苏联时代著名的高尔基城（Горький）。乌兰乌德是他们的家乡，而他们去往下诺夫哥罗德，也许是因为孩子的父亲在那里，也许是因为去那里就医。当孩子午睡的时候，我仔细看他的瘢痕，有许多重新修复的痕迹。

　　第二夜忽然醒来的时候，发现卧铺单间里只有阿廖沙的床头灯是一直亮着的，妈妈看见阿廖沙在睡梦中抓挠身体，就坐起来继续为孩子摩挲身体止痒。我似乎听见皮肤与皮肤的摩擦声，由深夜至天明。

　　作为成吉思汗的子孙，虽然小阿廖沙的身体受伤严重，然而与生俱来的好战的血液，依然浓稠。他最喜欢的游戏，就是手持虚拟的武器，刀或者枪，凶残地刺杀我。如果我也回报以同样的方式，他更乐得假装死去，摔倒在床上。从伊尔库茨克开始，只要不是在睡觉，他便乐此不疲地无休止地与我玩着这个游戏。越来越熟悉，他的游戏暴力也越发升级，割喉、砍头。他的妈妈看见的时候会低喝一声"阿廖沙"制止他，甚至不再用昵称而直斥他的名字："阿历克谢（Алексей）！"但是妈妈的制止，只是因为不能让孩子在陌生人面前太过随意，而并非觉得他热衷于这样的暴力游戏有什么问题。当然，也许游戏终归是游戏。

第三夜，凌晨，莫斯科时间四点三刻，醒来的时候，小阿廖沙的妈妈已经坐在铺位上，静静地看着熟睡中的孩子。我比画着问她是不是将要下车了，她示意还有一个小时，我打算送他们下车，于是决定也不再睡去。

那时候，车窗外还是无尽的黑夜。

事实上，即便是身为俄国人的小阿廖沙的妈妈，也弄错了全部以莫斯科时间标记的列车时刻表，换算成俄罗斯各地繁杂时区时的正确时间。西伯利亚铁路列车从他们的家乡布里亚特共和国首都乌兰乌德到莫斯科，一共向西跨越五个时区。乌兰乌德使用的伊尔库茨克时间，为东九时区，早莫斯科五个小时；其后克拉斯诺亚尔斯克边疆区（Красноярский Край）使用的克拉斯诺亚尔斯克时间，为东八时区，与北京时间相同，早莫斯科四个小时；再向西的新西伯利亚与鄂木斯克（Омск），使用新西伯利亚时间，为东七时区，早莫斯科三个小时；翻越乌拉尔联邦管区（Уральский Федеральный Округ）到达彼尔姆边疆区（Пермский Край）时，使用彼尔姆时间，为东六时区，早莫斯科两个小时。其后应当是早莫斯科一个小时的东五时区，可是在二〇〇九年的时候，俄罗斯颁布联邦法令，将原有的十一个时区缩减为九个时区，恰恰取消东五时区。于是原使用东五时区时间的基洛夫州（Кировская Область），并入东四时区，即使用莫斯科时间。

后来我想，当列车在午夜一点停靠基洛夫火车站（Киров）时，阿廖沙的妈妈一定曾经醒来，她的夜晚就是由无数次醒来为小阿廖沙摩挲身体止痒所组成。当凌晨四点她向我伸出一根手指示意时间的时候，实际上距离下诺夫哥罗德还有两个小时的车程，因为已经身在莫斯科时区。

于是我们就一起坐在寂静的车厢里，她看着她熟睡中的阿廖沙，我看着我黑夜中的俄罗斯。直到晨曦尾随列车而至，一片轻雾，不再是昨天西西伯利亚平原（Западно-Сибирская Равнина）上如海般的匍匐在草甸上的浓雾，而是弥散在东欧平原（Восточно-Европейская Равнина）所有天地间的轻雾。列车不再是在海面上，而仿佛是在海水中，在原本清澈得让人难以察觉的海水中，忽然滴落一点浓雾，然后便氤氲开来了。在冲淡的轻雾中，我知道那里有多安静，就像谁的一个没有醒来的梦。

一个小时过去了，阿廖沙的妈妈意识到了之前对时间的误判，于是就像每个娇纵孩子的母亲那样，任凭阿廖沙继续他的梦。

轻雾散尽了，世界一如本来的模样。本来模样的东欧平原，在今天，是阴沉着的，里面有微雨，如之前轻雾般冲淡的雨，甚至没有在车窗外留下雨的痕迹，只是湿了田野间的土路，穿着胶皮靴的俄国农夫，静静地等候在可以竖起铁栅阻挡通行的道口，吐出一缕青色的烟，随风散去。

今天在乌兰乌德，心中隐约有一些希望，像是那些烟，散去全无影踪却有烟草的味道挥之不去。在不断穿越城市的有轨电车上，也许我会再次遇见小阿廖沙和他的妈妈？

每次停站，我注视着车门，看上下电车的人们。在每座站台之前，满怀希望，希望又在每座站台之后成空。

一辆又一辆，一站又一站，我等着他们上车。

后来，人越来越少。

天黑了。

车停了。

他们最终没有再出现。

去年我们在阴郁的下诺夫哥罗德道别。

等待列车缓缓停稳在月台的最后一刻，我想问问阿廖沙的妈妈，他们为什么来这里？这就像小时候听一个故事，说故事的人在诱人的开篇之后，却忽然不知所踪。结局是什么呢？这也许会困扰一生。

但是她什么也不能告诉我，她和我说的唯一一句英语，只是道别时的"Goodbye"。

我们终将分别，当我们相遇的时候。

10

咫尺之外，便是无尽的海

站在苏维埃广场南侧的公交车站，看着列宁同志的左耳，阴云仿佛铸铁，与列宁同志同样颜色的冰冷。

气温在冰点。

列宁同志呵出的水汽，像是乌兰乌德无数工厂烟囱的浓烟。

这股西伯利亚的冷空气，似乎正在整顿行囊，裹足不前。我原本以为今天冷空气会南去，会暖和起来，我乐观得像一个傻子，穿着单衣，还有凉拖鞋，就像离开哈巴罗夫斯克那天，207次列车圆鼻头的女乘务员。

几天以后，我所遭遇的冷空气，会到中国吧？就像昨天早晨，在西伯利亚铁路上空遇见的那群大雁。如果你们谁看见它们，请告诉我。也请告诉我，冷了吗？

让你们感觉到寒冷的，就是这股几乎让我冻毙在乌兰乌德清晨街头的冷空气。

街道太过清冷，没有想到乌兰乌德火车站又太过热闹。不大的候车厅里，挤满了坐着站着的大包小包的中国旅客。距离一座地道的中国火车站，只差一点弥漫在空气中的红烧牛肉方便面的气味。

孤立在外围的中国旅客，神色茫然，反复比照着电子公告板端详自己手中的列车车票，不得要领。他们没有去询问领队，反而围住了我——我端着在候车厅里新买的一杯红茶，也许是因为我手中忧郁的茶杯与唏嘘的茶袋暴露了我老俄国的身份，也许是因为他们有些畏惧他们的领队。胖胖的领队坐在一张长椅的正中，虽然候车厅里人满为患，但是并没有人敢坐在他身旁的空座。他张开双臂搭在椅背上，乜斜着眼上下打量我一番，然后继续倨傲地眺望着空旷的月台。

他们想知道自己的322次列车何时到站，到站停靠几号月台，仅此而已。

他们来自辽宁朝阳，裹得足可以应付乌兰乌德，或者他们将要前往的俄中蒙三国边界之地的后贝加尔斯克（Забайкальск）的寒冷。"去旅游"，他们众口一词。

当然，我们彼此都清楚，没有人会行李沉重地从中国远赴西伯利亚腹地再转车回到距离满洲里不过九公里的后贝加尔斯克旅游。

谋生总是不容易的，去更北的北方，涉险滞留异国他乡。

领队懒懒地站起来，示意启程。他们蜂拥而起，蜂拥而去。

候车厅瞬间清冷下来，仿佛潮水退去的沙滩。还有潮水退去以后显露而出的几块碎石，是仍然在酣睡中的无家可归者。俄国警察过来，检查身份证件，安静地劝他们离开。

偌大的候车厅里，只剩下我一个人。

直到看见赤塔而来的069次列车停站在最靠近候车楼的一号月台，十号二等卧铺车厢外裹着臃肿冬装制服的女乘务员，站在月台跺脚取暖。

赤塔也冷了。

不过，西伯利亚铁路列车，从来都是可以抵御极度严寒的。《旅苏纪事》中一九二七年的列车：

> 当时是一月下旬，正是冷的时候，列车绕着乌苏里江和黑龙江走。夜间足有零下四十度，白天也有零下三十度，而车厢里面却是零上二十度，相当暖和，只穿一件衬衣和毛衣就够了，就是空气不好。车厢内外温差在六七十度之间。但走出车厢，也不是如想象的那样冷得可怕。沿途的车站都很小，数量也很少，看到的只是雪和树林。白天每到大站，下去打壶开水，就可以吃东西了。

与九十年前唯一的不同，是不用再下车去候车楼打开水，电热水炉安置在每节车厢车首乘务员室门前，列车停站开敞车门的等候时间，我正可无所事事地倚在电热水炉旁取暖。

但是，这个世界，依然是清冷的。

069次列车空荡荡地停站在乌兰乌德，漫长的一个小时的等候之后，依然是空荡荡的。

清冷的月台，唯一的喧嚣，是买到我对面23号下铺车票的老太太上车的时候。她的家人们来送站，老先生、女儿还有孙女，围在车门前话别。直到列车将要离站，老太太才蹒跚走来坐在我的面前，小桌摆上一大瓶矿泉水，盛满食品的塑料袋，覆上一面方巾。电话，一张报纸。作为俄国人必备的一本填字游戏，一支圆珠笔以及老花眼镜。作为俄国女人必备的一袋糖果。还有作为老俄国人必备的一只茶杯、袋泡红茶与方糖。

我羞愧地把我原本放在小桌上的只装着两盒方便面的塑料袋扔在

了没有人的上铺。

塑料袋还是我从中国带来的，上面有硕大的老花眼也可三米之外看清的汉字，这让老太太知道了我来自哪里。在列车启动前的最后一刻，已经出站的老太太的女儿，忽然又想起了些什么，匆忙跑回来，站在车窗外给老太太打电话——需要抵御世间列车所能遭遇的最寒冷的天气的车窗，让月台上的人们像是哑剧舞台上的演员。老太太显然没有弄清楚状况，她的友善让她接起电话后第一时间想到的是替我和她的女儿介绍彼此。她指着我对女儿说："Китай"——俄语称"中国"为"契丹"，对于完全不懂英语的俄国人，英语"China"的发音时常会让他们迷惑，远至中亚，均是如此——然后指指自己再指向女儿对我说："Mama. Mama."但是显然事情重大，老太太的女儿甚至顾不上与我示意，便径直与老太太说了起来。

老太太应和着，却依然牵着我的手。她的手，"相当暖和，只穿一件衬衣就够了。"

车窗外，城市淡去，世界重新恢复草原，白桦，还有落叶松林。

白桦像是不守规矩的看客，总是跳在落叶松林的身前，好奇地张望世界。

西伯利亚铁路在色楞格河谷间，河谷与山谷间，重新恢复连绵的木屋。

我瞥见西伯利亚5622公里的里程牌。

老太太戴上眼镜，开始她的填字游戏。清冷的车厢，赤塔过来的零散的几名旅客，还裹着被子没有醒来。太过安静，一页没有填满，老太太已经有些昏昏欲睡。

摘了眼镜，合上书，放下笔，撑起胳膊，托着腮，眯缝眼睛，似

老太太和她的女儿

乎还在看着哪里，眼皮却越来越重，打起了盹。

　　还有车尾39号边铺下铺——边铺的编号紧接相邻的36号上铺由37号向车首排至54号——消瘦的戴着眼镜的金发俄罗斯男人，我上车的时候他就支起上身躺在那里，头冲车尾，背对整节车厢的旅客。一直那样，专注地看着车窗外迅疾后退的白桦林，白桦林打碎的阳光落在脸上，忽明忽暗。

　　我坐在车尾看着他，他看着窗外，我们一起忽明忽暗。

　　我们如在上映黑白默片的电影院。

　　贝加尔湖，黑色浓云下的，黑色的贝加尔湖。

　　我们，所有我们一起，随着色楞格河，看见了贝加尔湖。

旅客

贝加尔湖忽然就在窗外，湖水漫过了车窗外所有的视野，列车如在海边，无尽的在风暴来临前努力压抑愤怒的海边。

所有人都醒了过来，静静地看着窗外的海。

包括忽然醒来的老太太，专注地看着窗外的海，喃喃地似说与我听："Байкал. Байкал."

老太太的目的地，是伊尔库茨克的后一站，安加尔斯克（Ангарск）。安加尔斯克也有她的家，她时常会在两地之间往返，所以贝加尔湖畔的旅程，对于她而言是最熟悉不过的。但是，即便惯看这一切，眼前的海，依然还可震撼一位俄国老人阅尽世事的心。震撼所有人心。所有人都醒来，车厢里却更加寂静，所有人都专注地看着窗外，看着窗外的海。

也许，列车即在乌云之中穿行，海浪扑打着车轮。

我不知道那一瞬间的西伯利亚铁路铺设在哪里，如在断崖之畔。更多时候，胆怯的铁路，会稍稍远离海岸，其间或者有几排敧斜的白桦，或者有几间零落的木屋。

在我看来，何其幸运，能够住在这里。

门前是无尽的西伯利亚铁路，窗后是无尽的贝加尔海。

纵然没有邻居，无所谓孤独。门前的西伯利亚铁路，每天总会有许多列车，无数人来，无数人走。

炉火正旺的木屋里，无论西伯利亚如何暴虐，朝向贝加尔的窗台上，却是春暖花开。如果天气晴好，打开右扇顶部棂格上的小窗，让屋里吹进贝加尔的风。

可是崖畔的白桦。一路以来白桦第一次不再让人愉悦，只有焦急。因为被白桦挡在身后的不是可有可无的落叶松林，而是贝加尔。

贝加尔湖

当白桦林出现的时候，风景一如西伯利亚的别处。

但是，你怎知其后，咫尺之外，便是伟大的贝加尔。

咫尺之外，便是无尽的海。

急不可待，却又无可奈何。

我索性让这一切更加乏味，索性开始我的早餐，一盒方便面。

老太太是我迄今遇到的最友善的俄国人，也许是见着我只有一盒方便面未免太过可怜，她打开自己的食品袋，从里面大小参差的黄瓜与西红柿中，挑出一根最大最粗的黄瓜递给我。见我推辞，她却更加坚持，拍着自己的胸口，示意那是自己种的。

洗过的黄瓜，湿漉漉的像是刚从架子上摘下来，满身露水。

一直以来，在食物价格昂贵，甚至时常短缺的俄罗斯，自家田地种的蔬菜与水果，向来也是自家餐桌上重要的补充。沿途无数的木屋，无数的院落，无一例外的是院落中都开辟有田地，俄国人在其间劳作，并不只是为着怡情，而是实实在在期盼着收成的。

如果一年所获颇丰，超过自家所需，老太太们会把多余的蔬菜水果，或者鲜花——鲜花同样是俄国人的生活必需品，像符拉迪沃斯托克旅馆里我床头的那束百合，像在无数的木屋窗台上所见的，也许没有鲜花补充生机，俄国人同样无法度过漫长的寒冬——盛在小塑料桶里，摆在街头巷尾出售。

就像在哈巴罗夫斯克我跳下电车的列宁大街街角，五六个老太太并排坐在自己的矮凳上，守着面前五颜六色的塑料桶，塑料桶里有五颜六色的蔬菜、五颜六色的水果、五颜六色的鲜花。

所有的蔬菜、水果与鲜花，确定无疑是自家田地里的收获，大大小小，形态各异。尤其是土豆，大的也不过只有孩子的一握，小的

旅客

看起来更像是枣子里的黄色人种，一堆一堆地出售。她们的售价一定
比超市便宜，所以从来不乏顾客。而随时准备着买一些什么，也是从
紧缩的苏联时代流传下来的传统。赫德里克·史密斯《俄国人》书中
七十年代的苏联："在俄语中，'网线袋'就有'碰巧'和'碰运气'的
意思。也就是说，随身带个网线袋，可能会偶然买到点意外的东西，
因为商店里并不提供纸袋。男人们也是一样，不论到哪里几乎每人都
拎一个公事皮包。……久而久之，我发觉公事皮包里装的东西，多数
是橘子、牙膏或鞋子等东西，而不是书籍和文件。"其实中国同样如
此，我还记得在我八十年代的童年记忆中，那种往往是绿色或者棕色
尼龙绳编织的网线袋。早晨空着揉成一团塞在包里，回来的时候便成
为装着一棵大白菜或者几把大葱的食品袋。现在的俄罗斯，不再食物
短缺，也不再有网线袋，但依然有着各种其他材质的袋子。路过的妆

容精致的俄国女人，弯下腰来买上一堆辣椒，装回挎在臂弯上的名牌皮包里，淡然走远。

似乎有着极大的改变，但似乎又从未曾改变。

卖相不佳，让我觉得那些蔬果也许味道一般，但是没有想到，老太太自家种的黄瓜，却是我平生吃过的最美味的黄瓜。比起中国常见的长而厚皮带刺的黄瓜，俄国人最喜欢用来腌制的黄瓜短粗皮薄，没有一丝一毫的涩口，水分更多，而且有真正的淡淡的甜味。

老太太看着我吞下她的黄瓜，这让她很开心，因为她的慈祥，而非我的赞美。

然后她才开始她的早餐：两枚白煮鸡蛋，撒盐，就着切片的黑面包。西红柿切成一牙一牙，同样撒盐就面包。黄瓜是餐后的水果，甜点是半袋夹心饼干。

是的，当然，还有一杯加糖的红茶。

我始终没有忘记看着窗外，林隙间一瞬而过的贝加尔。

在巴布什金（Бабушкин）镇的梅索瓦亚火车站（Мысовая），贝加尔忽然开敞。069次列车并不停站梅索瓦亚，开敞的贝加尔依然只是一瞥。但此一瞥，已是我所见的西伯利亚铁路的极致之美，恰在此地，在这样阴郁而起风的天气里。

梅索瓦亚火车站标记着一九三七年字样的蓝色站房，站在迎着贝加尔的风的坡上。站在那里的，还有裹着冬衣的站务员，紧缩身体，海风却撩起衣袂。似乎只是不起眼的小站，后来我才知道，最初只用作邮政车站的梅索瓦亚，早于西伯利亚全线贯通前的一八九二年即在那里。那时候，列车从贝加尔湖的对岸，搭渡轮至梅索瓦亚，直到一九〇五年贝加尔湖南岸铁路通连。一九四五年，梅索瓦亚火车站所在的小镇改名为巴布什金，为着纪念一九〇六年在火车站被处决的列宁同志的战友，伊万·巴布什金（Иван Васильевич Бабушкин，1873-1906）同志。

蓝色站房与站务员站在高高的坡上，眺望着我们的列车。我能看见列车穿行的火车站，还有曾经交通重地的模样，错综复杂的暗褐色的长满苔藓般铁锈的轨道，整列载满原木的黑色的货运车厢，就在崖畔，崖下海浪翻滚。眺望着我们的人，不知看见的是怎样的萧瑟，不知是否如同几十年前，载着布里亚特人远赴前线的军列？

就在站外，有一条流出贝加尔湖的小河，河水湍急如无数冲破羁绊的海浪。就在河口，就在铁路桥下，居然有一个正在学着钓鱼的孩子，不知道在这样该死的天气里，他能有什么收获，或者他的收获是否一如那些庭院田地中的出产般必需。寒风吹得他的沙色头发像是崖畔的枯草，他居然开敞着他的上衣，猎猎如旗。

这是今天，贝加尔最后的苍凉。

梅索瓦亚之后，渐而云霁，渐而日出，一切也渐而平淡。

渐近贝加尔湖西南角端的库尔图克（Култук），湖面迅速收窄，能够看见湖对面的山峦，不再壮阔，不再苍凉。

我虽然没有能够在贝加尔湖边的崖畔上拥有一间木屋的幸运，但是我依然感谢今天所遇，在西伯利亚铁路最美的路段，见着了最美的贝加尔。

然而无论如何，此生我还要找一个阴雨的秋冬，再回梅索瓦亚。

库尔图克之后，西伯利亚铁路折向东北，直去伊尔库茨克。开始有隧道，开始盘山，开始还能俯瞰转在列车另一侧的贝加尔湖，但是渐行渐远，直至再不相见。

车窗外的贝加尔湖

从乌兰乌德至伊尔库茨克，全程九个小时。可以像从符拉迪沃斯托克去哈巴罗夫斯克那样，买一张夜班火车的车票，可以节约一天的时间。然而为着贝加尔湖，傻子才会搭乘夜班火车错过这段西伯利亚铁路最美的风景——我只是因为穿得太少而像一个傻子，并不是真正的傻子。

真的。

不过这样的朝发夕至，完全可以买一张四等坐票，卧铺车票多少还是有些浪费，我甚至没有拆包我的床上用品袋。俄罗斯铁路卧铺车票，可以选择是否购买使用清洁的床上用品。被罩、床单、枕套和毛巾，密封在塑料袋中，上车时由乘务员派发，下车时俄国人的习惯是自己收拾整齐后归还给乘务员——当然你也可以弃之不顾。这项服务的价格非常低廉，除非网络购票时特意取消此选项，否则车站购票时会默认购买，售票员并不会询问，也没有人会拒绝，毕竟躺在床垫上盖着毛毯既不卫生也不舒服。

比起中国铁路，这是俄罗斯铁路最让我称道之处，中国铁路卧铺的床上用品不会随人更换，总是肮脏得令人满腹狐疑。我想大多数人愿意以少许费用换取更好的服务，而且中国铁路的高速铁路车票中，即有包含附加费用的先例，比如那瓶来路可疑的矿泉水。

在伊尔库茨克前的最后一站，舍列霍夫（Шелехов）之前，西伯利亚铁路复线之外，又有几道并行的复线。每隔三五公里，即有一座小火车站。火车就是村落之间的通勤车，已近傍晚，应当是下班的晚高峰，但是火车与车站依然疏朗。

那是哪座小火车站？月台的长椅上，坐着一位身穿皮衣、头戴皮帽的老人，坐定，从公事皮包里拿出一份报纸，打开。

在若有若无的阳光下，等候归家的火车。

夕阳也在伊尔库茨克火车站的月台上，迎面而来，像是接站的朋友。

我隔着车窗和老太太道别，她笑得像是我的奶奶。之前她去打开水的时候，我偷看了她压在眼镜盒下的车票。我知道了她的名字，奇斯佳科娃·瓦连京娜·亚历山德罗夫娜（Чистякова Валентина Александровна）。

俄国人的全名，大多是这样的三段式：本名，父名，己姓或父姓。普通可单呼其名，其姓，或者昵称，可是若为尊敬，会连称对方本名与父名。

我很懊恼我不能，我很想用俄语向老太太道别。

告诉她，亲爱的奇斯佳科娃·瓦连京娜，我爱您。

11

独自迎着贝加尔湖清冷的风

在利斯特维扬卡（Листвянка）寂静的山岭上，越走越远。

寂静的山岭，有无尽的落叶松，没有的是方向。指引向前的只有脚下的路，路是伐木工人的车辙，车辙上遍布松针与松果。还有野草，缀满露水。

那么安静，没有风。能听见的，只有自己的脚步声，是透过足底，从骨骼传导至耳蜗里的脚步声。如果有灵魂跟随，那么飞舞在林间的它一定什么也听不见，安静得令人感觉窒息。

可是忽然有声音，却又让人害怕。窸窸窣窣的，仿佛有谁藏匿在林间，慢下来，提着心再向前，一只黑背白腹的松鼠，倏忽穿过小径，蹿上环抱粗的黑色的落叶松。它在它感觉安全的高度停下来，看着我。我走近些，它再向上蹿一截儿，松针就落了下来，还有松果，落在地上，弹跳着滚下山坡。

无尽的山路，不知道通向哪里。从清晨走到近午，无尽的还有喘息。

忽然一把没有椅面的铁制长椅横在路中，在一棵冠如华盖的落叶松下，长椅四周落满如绒毯般的金黄色的松针，绵密的，没有人踏过

通往山岭的道路

松针走近长椅。我仿佛撞进了谁编织的恐怖故事里，四周该有鬼魅出现了吧？或者一步踏错，便将永远消失在利斯特维扬卡寂静的山岭中？

因为有一道选择题，长椅前的道路忽然分岔，继续向上的路与长椅前向左侧落叶松林深处的路。支配我选择的原因，是左侧的路上有更明显的车辙，于是我走向落叶松林的深处。

我终于还是回来了，因为我放弃。我应当是闯进了废弃的伐木场，路旁不时有成堆的锯末与茬口惨白的树桩。我有些害怕，万一这是谁的盗伐，我岂非要撞破了人家的秘密？在这无尽的落叶松林中，埋下一具异乡旅客的尸体，怕是就像落在松林中的一颗松果般，永远无人在意。

而且前方不再有路，我放弃了，原路折返。再看见那把长椅，我忽然感觉它温情脉脉。那会儿有片刻的阳光，如果它仍然有椅面，我想坐在那里，踏着一地松针，脚下是灿烂的金黄。

后来我才意识到，我不会撞破谁的秘密，在利斯特维扬卡，也许只是因为需要既而伐木，就像因为呼吸而需要空气一样地平常。利斯特维扬卡的木屋，全部是用落叶松建造。碗口粗的松木，略剜出一道弧形凹槽，便可以撗在另一棵松木上，一根一根地建成房屋四壁。也有不喜欢这种粗犷而精致些的，将松木刨成木方，落成棱角有致的木屋。只是这样的建造，没有弧形凹槽咬合的紧密，需要在木方之间衬以麻丝灰土，以防木方变形后的缝隙。

除此之外，后院里堆码整齐的劈材，依然是山岭上的落叶松。

贝加尔湖畔的利斯特维扬卡镇，是伊尔库茨克的贝加尔湖景区所在。小镇依贝加尔湖畔的山坡而建，漫山落叶松林。同源，因落叶松（Лиственница）而得名的利斯特维扬卡，大约是在十八世纪由迁徙至此的自由移民与哥萨克逃犯聚居而成。

如今因为旅游业的发展，山坡上的民宅之间，夹杂着许多旅馆。沿着湖畔自西北向东南走向的高尔基大街（ул. Горького），即是镇上的商业街。街中正对着学校的一片广场，是利斯特维扬卡镇的镇中心。

学校里的开学庆典仍在继续，不论是低年级稚气未脱的男孩，还是高年级身材窈窕的姑娘，都穿着最得体的衣服。男孩子无论大小还是西装革履，小女孩是俄罗斯民族风格的裙装，大些的姑娘们穿着火辣、合体的衬衫与短裙。合影留念时，最漂亮的姑娘冲着镜头诱惑地撩起裙角。给她们拍照的高年级的大男孩们，血脉偾张地尖叫着。

广场上停满等候着学生们的私家车与小公共汽车，还有往来伊尔库茨克与利斯特维扬卡的524路长途公共汽车。司机坐在售票室里，与售票的老太太闲聊打发时间。窗台上又有花，窗外又是贝加尔。

一百七十年前的某天，帕尔申来到利斯特维扬卡的时候，已是深夜。

> 当我到达圣海岸边孤零零的利斯特维扬卡驿站时，天色已晚，但我却忍不住赶到外面去观赏圣海和它的波涛。海看起来很平静，只是海中心哗啦啦地翻滚着白色的巨浪，映着暗淡的月光，好像一丛丛钻石在远处闪闪发光。我想看看风暴：希望看到贝加尔湖上极其美丽的景象，看看这无底深渊是怎样沸腾翻滚，瞧瞧这激情奔放的海是如何汹涌澎湃。

一百七十年后的今天，我来到利斯特维扬卡的时候，还是清晨。

从伊尔库茨克，沿着安加拉河，一路向东南。我有一本出版于一九五七年的《贝加尔湖》（*Байкал*），作者萨尔基襄（С. Г. Саркисян）。译者引用的原作书名上，作者的本名与父名即只是缩写，至今我也无法检索到这位萨尔基襄的生平，只知道必然是位地理学家，薄薄一册《贝加尔湖》，完全是本地理学的科普读物。旧书摊上买回《贝加尔湖》的时候，还是十几岁的孩子，那时候我肯定不能想象有一天我会正在去往贝加尔湖的路上。在伊尔库茨克开往贝加尔湖漫长的路上，我因为困倦与公共汽车的摇曳而时常睡去，恍惚得如同十几岁的时候，我在灯下翻看那本页面焦黄的旧书。

> 从贝加尔湖流出的河流却只有一条，这就是安加拉河。……安加拉河水量丰富的急流把贝加尔湖的湖水从湖的南部向北带到伊尔库茨克城，再远远地流入叶尼塞河（Енисей）。在安加拉河源头地方，山脉好像让开了一条路，安加拉河就集中到这一宽敞的天然大门中来。

公路在安加拉河畔，路与河之间，就像在西伯利亚铁路沿线那样，除了些许村落，就是无尽的白桦林。林间是如茵的草甸，间有一条小径，通向未知的哪里。我无法想象贝加尔湖究竟有多么广阔，然而更加广阔的，无疑是无尽的西伯利亚。我想如果不是因为清晨的浓阴，从高空俯瞰下来，贝加尔湖也许只像是荷叶上的一蓬水。

> 在安加拉河源头处有一个陡峭的叫做"巫石"的小岛。关于这个小岛，布里亚特人有一个古老的传说。根据这个传说，白发苍苍的贝加尔湖有三百三十六条驯顺的妻子河，而只有一条不听话的女儿河，这就是安加拉河，她爱上了美男子叶尼塞。当安加拉私奔到她爱人那里去的时候，白发苍苍的老父亲追上去丢下了一块巨石。
> 关于这个小岛还有一个较近的传说。维列夏金写道：当地的居民认为，正是"巫石"阻挡了贝加尔湖的湖水。

没有"巫石"，伊尔库茨克就会发生水灾。这个传说的根据是一九三二年发生大水灾的时候，"巫石"几乎被水淹没了。

但是这里的问题当然并不在于岩石的碎块，而是在于贝加尔湖本身的水位。小岛的命运是能够预测的。如果人们不去干涉安加拉河的生活，安加拉河强大的急流迟早会把这个小岛消灭。人们决心要驯服急躁而狂暴的安加拉河。在伊尔库茨克地区，正在建设第一个安加拉水电站的拦河坝。

六十年前，萨尔基襄没有想到的是，伊尔库茨克水电站建成之后，抬高的水面不仅淹没了半边利斯特维扬卡，也淹没了巫石。虽然有说巫石仍如溺水者一般，还有一截不起眼的黑色的礁石，勉强探在水面之上，但是我却并没有在将近利斯特维扬卡的安加拉河河口看见它。帕尔申见过它，在《外贝加尔边区纪行》的中文译本中，译者将其翻译为"萨满石"：

有名的萨满石，从近处看，并不如我原来想象的那样赏心悦目，它不过是一块普通的浅灰色岩石，似乎是块花岗石，像一座纪念碑一样屹立在安加拉河中间，距离这条河从贝加尔湖流出的河源处七十俄丈（1俄丈等于2.134米，70俄丈约等于150米）。这块岩石，或如当地所说的，像是一座绞盘，周围环绕着团团翻滚的白浪。这块岩石的大小，从岸上看去有一俄丈多高，宽不到一俄丈。在这里河水湍急，几乎从未结过冰。萨满石所以引人注目，主要是因为这块岩石受到布里亚特人的崇拜。他们认为昂冈，即天神，

就住在这块岩石上面。布里亚特人把这块岩石当作圣地顶
礼膜拜。常有一些不守信用矢口赖账的债户，被带到这块
岩石前来受审。债户慑于看不见的捷格里（神仙），会吓得
浑身发抖，自行认账。

俄国人转述的布里亚特故事，显然没有苏联人转述的布里亚特故
事浪漫，这也是难得的例外。所以，我且相信那块似有似无的巫石，
是老父亲丢下的羁绊吧。

伊尔库茨克水电站的修筑，没有能够阻挡安加拉河去找寻情人，
却迟滞了她寻找情人的脚步。在安加拉河河口，不再有急流，于是可
以预测小岛的命运是，巫石也许会永远在那里，眼睁睁地，看着心爱
的安加拉姑娘远去。

也许，伤心的，不仅仅只有她的贝加尔老父亲。

无尽的落叶松，是利斯特维扬卡的赐予，或者说，是贝加尔湖的
赐予。

昨天我在想，一个人需要多少幸运，才能够在贝加尔湖边的崖畔
上，拥有一间木屋。那么，一个国家，又需要多少幸运，才能够拥有
贝加尔湖？

深渊般的湖，淡水的湖，蓄积着整个世界五分之一的地表淡水。
即便世界就此进入无尽的干旱，拥有贝加尔湖的俄罗斯，也可以继
续繁衍一代甚至几代人。还有无尽的资源，无尽的水产，无尽的
林木。

是谁让俄罗斯如此幸运？

萨尔基襄继续写道：

贝加尔湖

许多住得离开贝加尔湖很远的民族也都知道这个可爱的湖（海）。在这方面大概应该首推古代的中国。一件写于公元前一一九年（西汉元狩四年）的中国古代文献一直保存到了今天。在这件文献中，正如在中国其他的历史文献里一样，把贝加尔湖叫作"北海"。

欧洲人中间第一个提到贝加尔湖的，是十三世纪著名的旅行家马可·波罗。

研究和开拓贝加尔湖的主要的功绩，应该属于俄国的新土地发现者、旅行家和考察家。一六四三年（大明崇祯十六年），伊尔库茨克省省长派遣库尔巴特·伊凡诺夫和七十五个猎人及哥萨克人到南方探查新的土地，因而到了贝加尔湖。

哥萨克人库尔巴特·伊凡诺夫（Курбат Афанасьевич Иванов），绘制了最初的贝加尔湖地图，并且最终占据了布里亚特人的贝加尔湖。

广场东南湖畔的码头，泊满舰船。院外的铁门开敞着，但是我却不敢擅入。并没有人守门，也没有凶恶的狗，不过就像我始终不敢随意游荡在西伯利亚铁路沿线尽可以随意出入的火车站那样，虽然我很想去看看那些我从未见过的事物，但我觉得那样会显得我像一个别有企图的坏人。毕竟，有罪推定是我们共同的法制传统。

真正开放给游客的，是再向东南将近高尔基大街尽处的一段湖畔。可以站在供上下小型轮船的跳板上，透过清澈的贝加尔湖水看见湖底的卵石。

贝加尔湖的水以极大的透明度为特征：在许多地方一
清见底，甚至能够看到四十公尺以上的深处。

我不知道如何科学地解释贝加尔湖何以拥有世上最清澈的湖水，
也许，真的因为贝加尔湖是神圣的？

人们把贝加尔湖叫做圣海。据民间传说，贝加尔湖不
能容纳任何异物，不管是人还是野兽溺死在湖里，都会被
抛上岸来，任何东西掉进去，经过一场风暴，就都会涌到
岸上。

所以，即便湖畔许多游人，湖畔难免散布弃物，可是湖水却是澄
净的。中亚人经营的食物档口是主要的污染源，然而他们的食物又是
俄罗斯人来此旅游的主要目的。尤其是秋白鲑，一种贝加尔湖特产的，
俄语称之为奥姆里（Омуль）的鲑鱼。

利斯特维扬卡镇上，哪里有淡淡的蓝色烟，哪里就是烤鱼的作坊。
在湖畔出售的秋白鲑，都已经熏熟，揭开烟黄的鱼皮，是洁白细腻的
全无绒刺的鱼肉。

路旁有避风的木屋，可以坐下来享受贝加尔湖的赐予。门外站着
一条流浪狗，努力用沉思的模样掩饰对鱼肉的渴望。

秋白鲑可供人饕餮，但是贝加尔湖另一种特有的生物，环斑海豹，
却已极其罕见。

贝加尔湖特有的现象之一，就是湖里有时也会或多或

少地出现一些海豹，这是大海才有的一个特征。这种现象有两种解释：一种意见认为，贝加尔湖在地下与某一大海相通，部分湖水即在地下注入这个大海。贝加尔湖实在太深了，有些地方甚至仍然深不可测。另一种意见认为，海生动物是溯安加拉河游入贝加尔湖的。

不论是哪种原因，或者还有别的原因，总之我是没有看见海豹的哪怕半个环斑。当然，帕尔申也没有看见，这多少让我感觉平衡一些。

隐约地，可以看见贝加尔湖对面的山峦，昨天我从那里的山脚湖畔一路而来。

湖畔左右，不过半日而已。可是在修筑西伯利亚铁路之前，在西伯利亚的旅行究竟有多么漫长？

夏季道路和冬季道路远近的差距，从邮车运行所需的时间上特别明显地表现出来。冬季，邮车由伊尔库茨克出发，穿过贝加尔湖，第六天即可到达涅尔琴斯克。夏天，则要绕贝加尔湖，经由哈马尔山行走，需要十一二天。

涅尔琴斯克，外贝加尔的涅尔琴斯克，在赤塔以东，车尔尼雪夫斯克以西。西伯利亚铁路，两天不到的路程，帕尔申的时代，却要走上十一二天。我没有什么好不平衡的。

帕尔申在涅尔琴斯克写下了他的《外贝加尔边区纪行》。

涅尔琴斯克，即是尼布楚。

我走下利斯特维扬卡寂静的山岭，在利斯特维扬卡镇子上闲荡。

　　一条通往山坡的路旁，有两栋老旧的赫鲁晓夫楼，是苏联的子遗。临街的窗后，窗台上总有几盆各色的花，那是可以保留的西伯利亚的夏。入秋，入夜，天已是极凉，家家户户的后院里，已经堆满了劈柴，那将是西伯利亚无尽的冬。

　　楼房老旧，楼道里却是干净整洁的。新近涂刷了明艳的蓝色，在昏黄的白炽灯下感觉温暖。楼梯转折处的墙上，还张贴着新年时的贺词。当然，张贴着的更多的，还是竞选者的海报，虽然是在偏僻的、人口稀少的利斯特维扬卡镇，选举人们依然不遗余力。所有在中国应当写满"办证"或者"拆"字的地方，都是竞选者的照片与他们简明扼要的政治纲领和宣传口号。

夕阳与乌云下的赫鲁晓夫楼

空场上的冰淇淋车

这是最能昭示这已是俄罗斯而非苏联的特征，不管在利斯特维扬卡还有多少苏联时代的身影，但那终究是背影，永不会回来。

高尔基大街东南的尽头，有一处巨大的空场，我以为没有守门的人和凶恶的狗才走了进去，结果刚走进去便遇见了凶恶的狗和守门的人。狗只是长得凶恶，但性格懒散，完全不理睬我从身边走过，半睁开眼一瞥，继续蜷缩起来埋头睡觉。就像它的主人，视我如无物，转身进门，透过窗帘，能看见他躺在床上继续看他的电视。

空场上有一辆涂成绿色的冰淇淋车。如果在夏天，它一定会像一头海豹那样趴在湖畔，周围聚满了好奇的人们。

如果有绿色的海豹的话。

还有转过高尔基大街，镇子深处，全然不起眼的诊所。木屋的诊所，涂刷着明艳的蓝色的漆，院中一畦明艳的红粉色的花，屋后是深

蓝色的贝加尔湖，寂静得只有波涛的声响。

诊所很老旧，铺着人造革的地板，走廊里灯光昏暗。可是向着贝加尔湖的诊室里的窗，却有最明亮的阳光，窗台上有一盆一盆红粉色的花。两位老人坐在诊所的休息室里，百无聊赖地看着电视。

太过寂寥的利斯特维扬卡。

后来我又回到了那两栋老旧的赫鲁晓夫楼前，依然明亮的夕阳落在苏联时代的山墙上。那会儿，乌云正从利斯特维扬卡寂静的山岭上赶来。

楼房在一处高台上，高台的尽头，是一处隐匿的游乐场。土地上，有跷跷板与秋千。父亲坐在长椅上，看着他调皮的大儿子在沙坑里学着土拨鼠的样子用双手刨沙。漂亮的小女儿，蹒跚地跟在她伟大的哥

游乐场

哥身后，他刨沙她便刨沙，他跳上可以像秋千一样荡起的简单的铁皮海盗船上，她也跟着坐上去，一直甜甜地笑着，浅沙色的长睫毛像是阳光一样搅扰着她的笑。

然后，调皮的哥哥站上船头，用最大的气力以及最危险的方式，把铁皮船荡得像是山上的落叶松林一样高。又高又快，我都看不清小姑娘的脸，只能听见她格格的笑声在荡漾。而他们的父亲，只是坐在那里，他一定也不担心，仿佛这个世界上从来没有危险。

他看着他漂亮的女儿，从容安详。也许终有一天他会伤心不能自已，当他的女儿不再跟在自己的身后，而是奔跑下山，去寻找她的爱人的时候。

那时候我们就坐在高台上，独自迎着贝加尔湖清冷的风。

12

我知道那一如她年轻时的味道

也许是俄罗斯的土地过于广袤，在路上的俄罗斯人总是急不可待。

清晨，从利斯特维扬卡回返伊尔库茨克。高尔基大街广场上的公共汽车全无影踪，不愿意浪费太多时间等候。晴朗，贝加尔湖也是平淡的。公交车站附近有载客往返伊尔库茨克的私家车，要价尚且公道，毕竟两地之间不过七十公里路程。

利斯特维扬卡与伊尔库茨克之间并不是高速公路，可是年轻的俄罗斯司机，神情淡漠地让汽车保持在时速一百四十公里以上，仿佛他的汽车制造商不是丰田，而是苏霍伊（Cyxoй）。即便如此，也只是与前后的俄罗斯司机们保持等距匀速，一百四十公里是俄国人私下奉行的汽车行驶标准时速。第一辆外道超越我们的皮卡车，车后居然还拖着一辆铁皮的两轮手推车，手推车累得几乎双轮离地，像是卡通片里双手抓着车尾然后全身甩起如同旗帜飘扬的兔子。

看起来不过是清晨出工而已，何必如此拼命？

更为拼命的是，我不幸坐在一辆右舵车里。走私的日本二手车左行右舵，并不符合俄国右行左舵的标准，但是价廉物美，因此保有量巨大。所以在俄罗斯，下一辆车的司机究竟坐在哪边，这永远是一个谜。我不幸坐在一辆如疾风卷过公路的落叶般开往伊尔库茨克的右舵丰田车里，当那位模样像是俄罗斯联邦总理德米特里·梅德韦杰夫（Дмитрий Анатольевич Медведев）的年轻司机决定提速超车前，需要别扭地探身向左，才能看见对面车道是否有另一架苏霍伊飞来。

我坐在原来应当是驾驶座的左侧副驾上，在起伏不平的公路上，当汽车以一百六十公里以上的时速攀至坡顶再骤然降落时，我真切地感觉到了失重。失重时我看向副驾的驾驶员，梅德韦杰夫神情淡漠。

生活原本如此。

进入伊尔库茨克市区，开始拥堵。最初的主城区街道，四车道但是半幅路面铺设有轨电车轨道。苏联时代的轨道，许多路段只有铁轨探出身来，而水泥路面已经沦陷，于是仅存着双向单车道通行，拥堵起的车流不见首尾。

停停走走，我以为驾驶苏霍伊的梅德韦杰夫该要暴怒，不料他却依然淡漠。等候每一位横穿公路的行人，避让每一辆由支路转入主路的汽车。一路由符拉迪沃斯托克直到伊尔库茨克，所有的俄国司机都是如此。除非是在有红绿灯的路口，在其他街道行人尽可以放胆横穿公路，甚至笨重的有轨电车，也会急刹车。起步时又有行人尾随而过，于是再次刹车，习以为常的司机有同样的淡漠表情。

这是非常危险的行径。对于在中国已经习惯于汽车和行人疯狂抢道的我而言，在俄罗斯时常处于不知该如何过马路的尴尬境地。我会遵守我国的公民守则，即弱者理应礼让强者，站在路口等待汽车先行。但是汽车却停在路口，挡风玻璃后司机表情诧异与不耐地挥手示意行人优先。每个路口都让我走得犹豫不定，即便是有红绿灯的路口，即便我正前方有如贝加尔湖般广阔的一盏绿灯，因为我国还应礼让同

苏赫巴托街

时左转或者右转的汽车。这是多么的危险？明明正有汽车驶近路口，你却应当无畏地通过，全然不顾强大的汽车会瞬间碾死弱小的你的可能？

如果我可以说俄语，我一定要指导梅德韦杰夫如何正确地并线、抢道、闯灯、鸣笛，但是我却不能，这让我深以为憾。

我叹息的是，我们的城市本应当更美。旅馆附近的苏赫巴托街（ул. Сухэ-Батора）——苏赫巴托（Дамдин Сухэ-Батор，1893-1923），蒙古国乌兰巴托人，社会主义蒙古国时代唯一合法政党蒙古人民党（Монгол Ардын Нам）创始人，推动蒙古国独立最重要的人物，曾经于一九二〇在伊尔库茨克接受苏维埃俄国政府提供的军事训练——那些老旧斑驳的建筑，只有百年光景，而百年之于我们的历史，

苏赫巴托街

走过苏赫巴托街的老人

不过须臾。可是我怎么说与别人听呢？当走在我们的城市，三十年前的砖楼上也涂满了"拆"。

依然有着老旧建筑的苏赫巴托街，还有白桦，还有风，阳光被摇碎了，斑驳地落在斑驳的建筑上，那么美。

那么美，一位留着卡尔·马克思般大胡子的俄罗斯老人，蹒跚地走过斑驳建筑前的斑驳光影，仿佛宿醉未醒。蹒跚地走来，蹒跚地走远，走向卡尔·马克思大街（ул. Карла Маркса）。

斑驳的建筑上，没有"拆"字，只有一方铭牌，我看不懂几乎与建筑浑然一体的砖红色大理石铭牌上的俄语，不过能看得出来是为着纪念一位名为康斯坦丁·萨波日科夫（Константин Петрович Сапожков）的先生，纪念他在一九二七年到一九五二年期间住在这栋两层的砖楼里。

铭牌上有一片白杨树叶的影子，随风轻轻荡漾，仿佛是谁的手，想要拂拭去铭牌上的尘土，好让我看得真切。能够这么关心的，也许就是萨波日科夫本人吧？他是谁？他现在在哪里？我并不想知道，这无关紧要。也许他仍然还住在这栋楼里，正坐在窗下的书桌旁看着我。

我怎么知道现在是现在？我又怎么能确定现在不是过去？一切一如过去。

与苏赫巴托街交错的东西走向的斯维尔德洛夫街（ ул. Свердлова ），更加清寂。有人走过另一栋老旧的赫鲁晓夫楼，入口处的雨棚上有 Детская Библиотека 的标识。西里尔字母很漂亮，咖啡色的罗马字体极有现代感。我以为是某家现代化的公司，透过临街的玻璃窗看进去，果然有漂亮俄罗斯姑娘坐在桌前，不过环绕着她的，却是一排排以俄语字母排序的书架。

是图书馆，那么早，已经那么多人。书架上斑驳的阳光，被窗棂与铁架护栏筛得更加斑驳。紧贴着图书馆的外墙，有仿佛电话亭般的两间玻璃房。确实是电话亭，因为内里有一架也许是俄罗斯帝国时代的老旧的投币电话，铸铁的电话，涂刷银灰色的漆。可那确实又不是电话亭，因为电话四周满是书架，书架上摆满了各种图书。这不再无关紧要，于是我检索了玻璃房外的俄语标识：Свободная Библиотека，免费图书馆。

一位衣服油腻的俄罗斯老人，等我放下相机，然后走进有电话的那间，上下翻拣，十几分钟，没有满意的书。出来换另一间，又是十几分钟的翻拣，依然没有找到他想看的书。我一直等着他，于是我有了一张他走出满是图书的电话亭的影像，而他却是悻悻然的，返身沿着斯维尔德洛夫街两手空空地走远。

免费图书馆

俄国人酷爱读书，但是俄罗斯的书价高昂，于是在俄罗斯的许多城市，有类似如此的免费图书馆，由政府或者公司出资，提供免费借阅的图书。这样的借阅处，无人值守。任何人，任何时间，尽可以随意拿走任何一本书，没有任何手续，无须任何记录。在符拉迪沃斯托克，阿穆尔斯基伯爵身后不远，有着革命领袖谢尔盖·拉佐（Сергей Георгиевич Лазо，1894-1920）青铜雕塑的小广场上，行为艺术般立着一只精致的原木书柜。可能只是临时的设立，让路过的俄国人也感觉诧异。但是他们毕竟知道那是什么，小心地打开玻璃柜门，从满满一书柜的书中取出感兴趣的翻阅，然后带走。无所谓哪天再来时书柜不在原处，取走的书可以归还到任何其他的借阅处。就像斯维尔德洛夫街上的借阅处，可能因为附属于真正的图书馆而有开关时间，所以两侧图书馆的窗台上，也摆满了归还的书。

摆在最靠近玻璃的里侧，以免淋着了雨。

伊尔库茨克是多雨的，因为伊尔库茨克实在是有太多的森林与太多的水。

与贝加尔湖近在咫尺，城区又在安加拉河同其支流伊尔库特河（Иркута）与乌沙科夫卡河（Ушаковка）交汇之地的河谷间。伊尔库茨克，城名即得自伊尔库特河。

一六六一年，俄国人在安加拉河东岸修筑了伊尔库茨克最初的城堡，为的是向土著布里亚特人征收毛皮税。这一年，也被伊尔库茨克确定为官方的建城之年。十八世纪，伊尔库茨克因地理位置，成为俄国人探索北方与东方之地的枢纽。伊尔库茨克因贸易与交通而繁荣。

但是这样一座繁荣的水畔城市，却险些覆灭于一场大火。一八七九年初夏，蔓延全城的大火焚毁四千座房屋，四分之三的伊尔库茨克沦为废墟。废墟之中，包括伊尔库茨克政府档案馆、图书馆与西伯利亚博物馆，城市与许多记录城市的历史，一并化作灰烬。

无比幸运的是，大火毁去了伊尔库茨克的城市，却没有毁去伊尔库茨克的繁荣。大火之后的十九世纪八十年代，伊尔库茨克州勒拿河（Лена）流域发现富藏金矿，淘金热随即而至。因黄金开采与贸易致富的俄国人云集伊尔库茨克，这使得伊尔库茨克得以迅速重建无畏火灾的砖石结构的新城。一八九八年，第一列西伯利亚铁路列车停站伊尔库茨克，西伯利亚铁路是伊尔库茨克着锦的繁花，在二十世纪到来之际，伊尔库茨克进入极盛时期，甚至有了比照现在看起来完全名不副实的绰号：西伯利亚的巴黎。

好景不长，一九一七年的十月革命，令资本主义气息浓烈的商人之城伊尔库茨克感觉恐慌，城市站在反对布尔什维克的白军一侧，成为俄罗斯帝国海军上将亚历山大·高尔察克（Александр Васильевич Колчак，1874-1920）指挥的西伯利亚军的军事重镇。战争持续了两年，在一九二〇年春天到来前的最寒冷的冬天，红军攻陷了伊尔库茨克，契卡处决了高尔察克。

苏联时代，伊尔库茨克在其他方面也许有着"翻天覆地的变革"，但是仅就城市面貌而言，似乎并没有多少改观。如果把苏联时代开拓的混合着气派的斯大林式建筑与简陋的赫鲁晓夫楼的外围城区称为新城区，之前的俄罗斯帝国时代既有的城市称为老城区的话，伊尔库茨克也像所有其他俄国城市一样，老城区老则老矣，新城区更老，像是一位精神矍铄的老母亲与她体弱多病的孩子。

四百年前向俄罗斯帝国缴纳毛皮税的布里亚特人，仍旧居住在与布里亚特共和国毗邻的伊尔库茨克州首府伊尔库茨克，仍旧是伊尔库茨克的第二大族群，虽然比例其实已经不足百分之四。

在乌兰乌德，观感是俄罗斯人生活在蒙古，而在伊尔库茨克，则完全是蒙古人生活在俄罗斯，这时常会让我有身边游荡着许多中国人的错觉，毕竟布里亚特人的东方面孔与俄罗斯人迥然不同。

开始于二十世纪五十年代末期并且持续数十年的中苏交恶，深远地影响并且改变了中国与俄罗斯，包括西伯利亚铁路。西伯利亚铁路曾经是俄罗斯唯一贯通西伯利亚的铁路线，战略地位极其重要。但是最初修筑西伯利亚铁路，东扩之余，南侵也是其主要目的，所以东西伯利亚至太平洋一段选线大多贴近中国边境。而在中苏交恶之后，苏联政府担心如果与中国交战，西伯利亚铁路可能有被切断的风险，所以为着保障安全，一九七四年起苏联政府动工贯通了西伯利亚铁路最初的选线之一，在西伯利亚铁路正线以北六百至八百公里的贝加尔－阿穆尔铁路（Байкало–Амурская Магистраль，简称贝阿铁路，БАМ），作为西伯利亚铁路的策略性支线铁路。

赫德里克·史密斯笔下二十世纪七十年代初的俄国人：

> 对中国怀有深刻的恐惧和极度的猜疑，看来，只有在这个问题上个人意见与官方路线是最一致的。苏联知识分子把中国人说成新式的野蛮人：农民在田间高音喇叭下洗脑，生活完全军事化，人民有毛主义而没有头脑。其说法同报刊文章和电视节目中对中国的描绘完全一样。在我看来具有讽刺意义的是，这些俄国知识分子头脑里的中国形象，同冷战高峰时期西方对斯大林领导的俄国的看法如出一辙，而他们也的确把中国人说成是新斯大林分子。"中国的军事威胁"是另一种无端的恐惧。有一位俄国记者从与

中国远隔一个大陆的白俄罗斯回到莫斯科，他告诉我，在明斯克，人们担心会同北京发生战争。在莫斯科，母亲们会谈论到她们不希望自己的儿子在中苏边境地区服役，就像美国的母亲们不希望自己的儿子去越南一样。在边境地区或者接近边界的城市如伊尔库茨克，人们对中国人的仇恨和疑惧格外强烈。人们曾多次痛苦地讲到一九六九年达曼斯基岛（珍宝岛）事件中同中国人发生的流血冲突。

无疑地，西伯利亚铁路沿线那些原本开食品小店的中国人，即便能躲过斯大林时代的肃反与清洗，也很难能够在中苏交恶之后继续留在俄国。

捷尔任斯基大街（ул. Дзержинского），老城区中在南侧与卡尔·马克思大街并行的主干道，路中有一栋破败的红砖大楼，大楼前是一处拥挤的公交车站，我坐在车站旁的长椅上歇脚。有个戴墨镜的俄罗斯年轻人坐下来和我聊天——他一个人，瘦小，没有拿着酒瓶，而且以全俄肃反委员会契卡（ВЧК）创始人命名的大街上人来人往，没有打劫之虞——他去过韩国和泰国，自然首先认为我是韩国人或者泰国人，在得知我来自中国以后，指着自己手中印有韩国某公司标志的电话和身上绣有美国某公司标志的外套夸奖道："你们中国的产品很多，电话，衣服。"——事实上，在俄罗斯，除了中国人，我实在看不出还有什么其他中国商品，毕竟俄罗斯的房地产不归中国开发。

从哪里来？到哪里去？几句简单的寒暄之后，受阻于我们的单词量，片刻沉默之后，墨镜起身和我说再见，回到等候公共汽车的队伍里，和他的俄国兄弟们痛快地说着俄语。

虽然中苏两国交恶的年代已经过去，但是对于普通的俄国人而言，似乎也并没有比交恶的年代了解中国更多。

当然，普通的中国人又能在多大程度上了解俄罗斯？

列宁？包括与之相关的政治。除此之外，还有什么？

列宁站在列宁大街，挥手向前，眺望着前方的基洛夫广场（Сквер им. Кирова）。基洛夫广场是伊尔库茨克的城市中心广场，尽头即是伊尔库茨克州州政府大楼。以列宁同志命名的街道无疑是所有俄国城市中最主要的街道。伊尔库茨克的列宁大街自然也不例外，是许多重要的政府机关所在。

恢弘的俄罗斯国家银行大楼，恢弘的斯大林式建筑顶部，还有着它曾经的名称：ГОС. БАНК С.С.С.Р.。СССР，苏维埃社会主义共和国联盟，这是自符拉迪沃斯托克一路而来，见到的唯一未经铲除的出现在官方机构上的苏联字样。而州政府大楼之上，曾经的苏联国徽早已被铲去，只是在替代的俄罗斯联邦双头鹰国徽之下，还有些隐约可见的痕迹。红旗旗杆的轮廓，蓬乱的羽毛般支棱在双头鹰的鹰首之外。

与政治的列宁大街不同，伊尔库茨克更为著名的卡尔·马克思大街则是商业的。虽然建筑确如同街名一般，是苏联时代或者更为久远的，但是店铺是现代的，商品也是现代的。商业远比政治引人入胜，如果有足够的卢布的话。

卡尔·马克思大街，东北向西南走向，西南与列宁大街相连。

愈向西南，愈加繁华。

旅馆在卡尔·马克思大街清冷的东北深处，一栋苏联时代之前的砖石结构的楼房里。这是我在俄罗斯住过的最好的旅馆，难怪伊尔库茨克是整个西伯利亚最受欢迎的旅行之地，不仅因为贝加尔湖，更因为俄罗斯帝国时代的城市。

四面而起的如同城堡一般的三层坡顶砖石结构的楼房，环抱宽阔的天井，有可容汽车通过的拱形门洞通往邻街。风雨的侵蚀，总不及人为的毁损，无论使用得多么仔细。所以比起粉刷后宛然若新的外观，楼道里则陈旧许多，无数上下的脚步把阶梯打磨得仿佛可以轻易塑形的软木。但是还有装饰繁复的铸铁的护栏，可以昭示最初的精致。护栏涂以黑漆，红木的扶手，阶梯却是橘色的，墙面就像我们小时候的家，下半截粉刷着鲜嫩的天蓝色。还有一抹暖黄的，跳过窗台的夕阳。

同样是一套公寓改成的旅馆，却没有想到有如此之大的空间。玄关连通客厅正对临街的窗，而在走到那扇窗前，右手边是浴室与开放空间的厨房，左手边是一间八张双层床的卧室；向前，右手边是改为接待室的单间与储藏室，左手边是另一间八张双层床的卧室；然后是客厅，右手边是有之前两间卧室大小的主卧室，客厅左手边的门外，还有一间两张双层床的原本应当是儿童房的小卧室。容纳下这一切，依然疏朗，也许是因为三米以上的高度，满住着旅客，也没有拥挤的感觉。

两侧临街，但是依然暖和而且安静。砖石的墙壁，足有半米的厚度。温度逃不出去，噪音闯不进来。

天黑之前，坐在距离旅馆不远的季米里亚捷夫大街（ул. Тимирязева）与十二月事件大街（ул. Декабрьских Событий）——街名仿佛隐藏着莫大的秘密，所谓十二月事件其实即是指十二月党人起义（Восстание декабристов）。一八二五年十二月，圣彼得堡部分军人起义，诉求建立共和国或君主立宪政体。起义最终失败，但因其推动俄国政治现代化进程而意义重大——十字路口的十二月党人博物馆（Музей Декабристов）公交车站的长椅上，看我最爱的有轨电车。

博格丹·赫梅利尼茨基街（ул. Богдана Хмельницкого）4号

电车轨道由季米里亚捷夫大街折向十二月事件大街继续向南，轨道占据的两条车道，已如溪谷般凹陷，满是荒草。空荡荡的，只有有轨电车可以通行，远远地独自走远，再远远地独自走来。

伊尔库茨克的公交系统是城市与市民之间的默契，是外人不能了解的秘密。公交车站没有站牌，只有大略的站名写在各种式样的公共汽车上。我看着车来车往，却不知道哪辆能载我去往哪里。

坐在我身边的俄罗斯老太太，从她破旧的黑色皮包里，拿出一包普通塑料袋装着的化妆品。她看起来已经有七八十岁的模样，双手也有些颤抖，但是依然仔细地对着小镜子补着粉底。再挑出一支口红，让自己看起来更精神一些。

收拾妥当，停顿片刻，老太太又翻开她的皮包，从装着化妆品的塑料袋里，再找出一只更小的塑料袋。里面是五支试用装的小瓶香水，没有标识，老太太费力地分辨着，左看看，右闻闻，直到笃定地拿出一支，打开瓶盖，食指封住瓶口，轻轻倒出些许香水，擦在自己的左右颈侧。

然后盖上瓶盖，与其他几支并拢，收在小塑料袋里，再装进大塑料袋中，一并放回破旧的黑色皮包，拉上拉链，右手护在包上，然后整个人安心地靠回椅背。

那会儿，夕阳正照在我们的身上，我却忽然有些伤心。

香水的气味飘散过来，我知道那一如她年轻时的味道。

13

我的旅行只是一座又一座城市
漫无目的地游荡

传说中的场景是这样的。

一九二〇年二月七日，在那个西伯利亚寒冬的清晨，布尔什维克的契卡同志们，凿开安加拉河冰封的河面，枪决海军上将亚历山大·高尔察克，然后将尸体抛进安加拉河。就像电影《无畏上将高尔察克》（Адмиралъ）演绎的那样，他像一片落叶，缓缓地沉入冰冷的河水，他将永不见天日。

准确来说，高尔察克的殒命之处，是在伊尔库茨克城区注入安加拉河的乌沙科夫卡河河口岸边。当然，这无关紧要，高尔察克的命运却如传说，他与他的政府总理维克多·佩佩利亚耶夫（Виктор Николаевич Пепеляев，1885-1920）确实被契卡秘密处决，确实被沉入河中，并且确实永未见天日。

只是微有瑕疵的传说，让我初来伊尔库茨克时，没有找到海军上将的纪念碑。我站在安加拉河的铁桥上，左右张望，却无迹可寻。

现在我知道他在哪里。出旅馆，不应当向西南繁华处去寻安加拉，而是应当向东北清冷处去觅乌沙科夫卡。

清晨的乌沙科夫卡，河水却如沸腾，一水之隔的北岸仿佛悬浮在

乌沙科夫卡河河口

水汽上的海市蜃楼。我怎么也想不明白，乌沙科夫卡河河水为什么会那么温暖？难道伊尔库茨克城外温暖已如午后？

穿过路旁的废墟才走到河畔，废墟的围墙外，有摆满玩具的游乐园，小小的旋转木马满身露水。

河口的浅滩上，隐约有无畏的俄国人正在垂钓。也许如此，也许只是幻觉，否则不会在任何水畔，任何时间都有垂钓的俄国人。

也许只是晨练的鬼魂？

已成鬼魂的高尔察克，就站在桥后路旁的一片小松林里。

松林的迷雾中，高尔察克站在高高的基座上，身着戎装，披着宽大的军袍，垂首看着我，神色如他黑色的金属身躯一般忧伤。

脚下满是鸽子，仍在睡懒觉的鸽子。那么冷，只好转过脖子把脑袋插在羽下。看起来湿漉漉的，羽上凝满露水。偶尔有几只鸽子惊梦，乍然飞起，然后再落下，或者落在高尔察克的肩头甚至梳拢向后的头发上。鬼魂那么无助，甚至不能抬手驱散胆怯的鸽子。

基座是入俄罗斯以来所见雕饰最为繁复的。正面上部居中的花环里，是大写的西里尔字母的"海军上将高尔察克"（Адмиралу Колчаку）。向下五分之四，浮雕着左右相视而立的两名军人。左侧——水畔一侧的西方——是高尔察克的西伯利亚白军，右侧是布尔什维克的红军。两名士兵各抬一脚踏于石上，平端插上刺刀的步枪，怒目而视。平端的步枪，交叉点恰在基座的中线。如果有值得注意的细节的话，那么只有浮雕在外侧的红军步枪是完整的，白军步枪的枪管与刺刀却在交叉点后无端消失，看起来仿佛手中只有半把残枪。

士兵身上向后扬起的军袍，幻化为基座两侧连绵的山峦。

基座之下，还有大理石的底座。底座又在隆起的土堆上，高尔察

海军上将高尔察克纪念碑

克高高在上到遥不可及。据说，这样的设计是刻意的，为的是让依然仇视海军上将的俄国人，不能像鸽子那样轻易地污损他的雕塑。

在我们的意识形态中，不仅红军与白军善恶有别，甚至红与白这两种原本全然无干的颜色也互为对立的补色。所以一直以来，白军的同义词是白匪军，而非现在更加客观的白卫军。从高尔察克决定与布尔什维克为敌之日起，他就是被标签化的帝国主义的走狗兼卖国贼，这是固化在几代俄国人思想中的宣传。苏联解体以后，无数人与无数事得到重新评价，善与恶，红与白，许多竟然原本即是相反的。至于高尔察克，是否才是真正的爱国者？

是否就像他的参谋，失败后流亡英国的海军少将米哈伊尔·斯米尔诺夫（Михаил Иванович Смирнов，1880-1937）在关于高尔察克的回忆文字中写到的那样：

他们首先是深深爱着他们的祖国的爱国者，并不带任何私人企图地寻求救国之道。他们是不懂得政治的谜题的，也准备与任何政党的任何人联手，只要他们确定这个人真诚地想解放俄罗斯……并愿在战争结束后由一个人民选出的国民议会决定将采用何种形式的政府。

　　有人愿意纠正自己，愿意重新审视历史，但同样也有人更加乐于维持历史，否定历史即可能否定了在历史中出现的自己。所以迄今为止，高尔察克依然是俄罗斯极具争议性的人物，联邦政府与军事法庭也从没有正式为其平反。不过，二〇〇二年，第一座高尔察克的纪念碑出现在圣彼得堡——圣彼得堡永远是俄罗斯最具反叛精神的城市。伊尔库茨克的俄罗斯第二座高尔察克纪念碑建于二〇〇四年，那一年是他的一百三十周年诞辰。

　　高尔察克的身后，是初建于久远的一七六二年的石砌的兹纳缅斯基修道院（Знаменский Женский Монастырь）。修道院附近的某处，就是高尔察克人生的终点。具体在哪里，似乎无人可知。那不如就在修道院外吧？与修道院内许多没有争议的伟大灵魂为邻，东正教主教、十二月党人，还有远征西伯利亚的探险家。

　　通往修道院的路口，有衣服像鸽子羽毛一般湿漉漉的乞讨者。在清冷的晨雾中走向修道院的虔诚者，偶尔也会在高尔察克身前驻足。不像附近的河畔，那样荒凉只如鬼魂游荡之地。

　　高尔察克也能看见脚下黑色的大理石底座上，有一束黄色的雏菊。

　　我待到日出。

我待到日出才离开，我想我们彼此都能温暖一些。

那时已近十点，阳光像是躲在墙角准备吓唬你的孩子，忽然就跳了出来。

东侧充满阳光，被驱赶到西侧河面上的雾却更浓。白色的浓雾自东向西退去，若是比照基座上士兵的方向，恰是红军进击而白军溃败。

这不会是雕塑家的本意。

十点，太阳已经越过卡尔·马克思大街一百年前老旧的砖楼，可却还是伊尔库茨克的清晨。

卡尔·马克思大街冷冷清清，许多私营公司门外的告示牌，标注工作时间还在一个小时以后。路旁的长椅上，坐着仍然算是早起的老人。左手边一叠报纸，一张一张拿起来，仔细看着每一行细密的文字。

卡尔·马克思大街

再无趣的文字也不会错过，只是遇见有趣的文字时，才会抬起老花镜，凑近了细细看。然后，一沓报纸渐渐摞在了右边。

白杨树将落在长椅左右的阳光摇曳得支离破碎，不知道从哪里回来的体型臃肿的老太太，在长椅前颤颤巍巍地走过。她不再是年轻漂亮的姑娘，看报纸的眼睛依然在报纸上。

与卡尔·马克思大街南侧乌里茨基步行街（ул. Урицкого）相对的普罗列塔尔斯克街（ул. Пролетарская）街口，有一间色调明快的俄罗斯自助快餐连锁店：Аппетит。地道的俄餐，而且价格低廉。俄罗斯人喜爱的食物：红菜汤、土豆泥，以及烹饪成各种形状的肉丸。一餐标准的俄式快餐，会有一碟土豆泥，如果学着那些吃法精致的俄国老人，应当把表皮坚韧的黑面包掰成小块，刮起土豆泥，一口一口，直到彼此两空。一个或者两个肉丸，搭配一些空心粉或者总是夹生的炒米饭。一碗加上许多酸奶油的红菜汤——如果我在任何描写俄餐的过程中漏写了一杯加糖的红茶，请记得那杯加糖的红茶的存在。

当我回去的时候，如果你看到我瘦了，那是我旅行归来；如果你看到我胖了，那是我从俄罗斯旅行归来。

在我们周遭的世界，能够永远瘦下去的，只有朝鲜人。当我向南走出步行街，准备穿过捷尔任斯基大街继续直行的时候，在人行道上迎面撞见一个精瘦黝黑的朝鲜人。确切来说，是来自朝鲜民主主义人民共和国的公民，与符拉迪沃斯托克做力工的已经生存在俄国的朝鲜人最显著的不同是，他在左胸佩戴着一枚醒目的领袖像章。我很惊讶，在俄国的朝鲜公民可以如此自由，一个人，没有彼此尾随，没有彼此监视。

他转入捷尔任斯基大街，向东快步走去，似乎并不熟悉道路，每到十字路口便要停下脚步左右张望。即便如此，他走得也未免太快，

朝鲜人

我奔跑起来，才从道路对侧跑到了他的前面，然后穿越马路藏身在他前方的小径路口，假装拍摄路口的海报，当他出现在取景器视野时，摁下快门。

在取景器里，只看见他白色衬衫胸口前的一点血红，倏忽而过。

几步外就是十二月事件大街的十字路口，他再次张望与彷徨之后，向北走去。我决定不再跟踪他，他走得实在太快，仿佛背负领袖的使命，仿佛老大哥正在身后注视着他。所以，即便他是自由地在行走，他也依然不是自由的，就像他不敢让他的胸前空白。

他消失在十二月事件大街路旁的白杨树影中，我叹息如此难得的奇遇转瞬成空。向南又回到了十二月党人博物馆公交车站，交错有轨电车轨道的公交车站。沿着昨天那些过来的以及远去的有轨电车继续向南，是的，我漫无目的，我的旅行只是一座又一座城市漫无目地游荡。

苏卡奇约夫庄园（Усадьба Сукачева）公交车站旁，是伊尔库茨克的坦克纪念碑。水泥基座上，一辆完整的 T–34 型坦克。新以绿漆涂装，炮塔两侧白漆手写着序列号"134"与"伊尔库茨克共青团"（Иркутский Комсомолец）的名誉称号。比起乌兰乌德高不可攀的 T–34，伊尔库茨克的 T–34 人尽可欺。孩子哭嚷着要当坦克手，妈妈只好把孩子抱上坦克。坦克就是孩子们的大玩具，爬上跑下，左拧右抠。敌人龟缩在驾驶室里拒不投降，一群手无寸铁的孩子也是无可奈何。

T–34 是苏联在伟大的卫国战争后期的主力坦克，伊尔库茨克共青团号及其乌兰乌德的袍泽，可能正是由伊尔库茨克共青团重型机械厂生产。军工产业曾经并且似乎现在仍然是伊尔库茨克的支柱产业，也许伊尔库茨克共青团重型机械厂仍然还在那里。可是在哪里？

坦克纪念碑

在伊尔库茨克的街头，战争已经完全没有踪影。布里亚特蒙古姑娘们从后面看起来，与俄罗斯姑娘同样有腰肢纤细与双腿修长的性感。她们站在坦克纪念碑前的路口等候红绿灯，我只能看见她们，我完全看不见什么坦克。坦克在哪里？

过红绿灯再向前的杜马大街（ ул. Депутатская ），逐渐冷清。道路两旁渐渐是连排的赫鲁晓夫楼，已经是更加老旧的新城区。

楼后总是有一处孩子们的游乐场，简易的铁架秋千或者摇椅，围着几把长椅。我和一位壮硕的蒙古人种的俄国人并排坐在摇椅上，他看着他蒙古族裔的工人工作，如果不是楼道前停着老款的日古利汽车，那么就和坐在中国哪个没有拆迁的居民小区并无二致。

小区里有不起眼的隐藏在普通公寓里的幼儿园。我听见里面的吵闹，垫脚抬眼探望，却看见同样探望窗外的俄国孩子，我们都吓了一跳，彼此跳开。然后我就看见更多的孩子的小脑袋在窗内跳跃，仿佛是邀请，我只好再探头让他们看见我，他们乐不可支。

有拄着拐杖踽踽走过的老妇人，有胸口缀满军功章却只穿着便装的退伍军人，我不知道军功章是用以炫耀战功还是追忆年轻的往昔？还有真正的军警，手枪步枪，全副武装，从还没来得及停稳的警车里跳出来，从后座拎出反手扣住的嫌犯扯进路旁的警察局。警察局的院子里，一面公告板上贴满通缉令。通缉令年深日久，照片褪色到让那些悍匪看起来更显阴鸷。

杜马大街越来越冷清，通缉犯们的面孔却在心中嘈杂得难以忽略。万一他们就隐藏在路旁的草丛中，我岂非凶多吉少？

我追上一辆有轨电车，跳上载着半车人与下午的温暖阳光的电车，我立定在车尾，车上还有空着的座位但是最漂亮的姑娘却坐在最

有轨电车

后一排。

伊尔库茨克的有轨电车票价只要十二卢布，是我走过的所有俄罗斯城市中最便宜的。售票的老太太和蔼得像是亲爱的奇斯佳科娃·瓦连京娜，数过找零，从挂在胸前的一卷车票中撕下一张，微笑地放在我的手里。

捷尔任斯基大街与南侧并行的季米里亚捷夫大街之间，有一片服装市场，白天的时候甚至比卡尔·马克思大街还要热闹，入夜以后，却寂静得令人不安。市场南北，都是公交枢纽。捷尔任斯基大街上是公共汽车，季米里亚捷夫大街上是有轨电车。

去往新西伯利亚的099次列车的发车时间在午夜两点，在季米里亚捷夫大街市场外的公交车站等待去往火车站的末班有轨电车的时候，站台里坐满醉醺醺的酒鬼。酒精让他们无比兴奋，男人，女人，抽着烟大声招呼路过的狐朋狗友。

　　将入夜的时候，回旅馆取我的背包。距离旅馆不远，遇着一对夫妻正站在路旁的超市门外争吵。他们看起来都应当只在中年，但憔悴得像是风烛残年的老人。尤其女人，衣衫褴褛，凶狠地训斥着男人。男人西装皮鞋，衣装还算得体，所以女人坚持让男人独自去超市采购。女人可能觉得自己太过窘迫，男人可能觉得这样的要求太过为难，争吵大概因此。

　　男人的为难在于，他挂着的拐杖不是为了助力，而是为了导盲。他睁着的双眼与常人无异，但他却是实实在在的盲人。也许是含有甲醇的假酒或者代用酒害他失明，酒瘾袭来的时候，俄国人可以咽下由

随处可见的伏特加酒瓶

巴布什金小街

防冻液等一切含有酒精的液体粗制而成的代用酒。

男人在超市里摸索许久，才买出两瓶酒来。装酒的塑料袋搭在手臂上，东碰西撞地走出超市，不是因为酒精，看起来他只是还没有熟悉作为盲人的生活。坐在超市外等着他的女人接过酒，挽起他，摇摇晃晃地走过旅馆，拐进旅馆北侧满是花木与夕阳的巴布什金小街(ул. Бабушкина)。

小街僻静无人，两人站定，女人取出塑料袋里的酒瓶，拧开，猛灌几口。男人伸手凭空摸索着，触到酒瓶，抢过来，忙不迭咬紧瓶口仰起头来，酒瓶里透明的液体翻滚得像是急不可待的安加拉河水。

那时候我已经走在他们身前，我看着他们又在小街中另一间超市门前停下，女人又让男人独自进去，买出几瓶啤酒。昨夜他们有足够的酒钱，有纯正的酿造酒精，所以昨夜他们是幸福的。

　　我慢慢向前走等着他们，我想看看他们去往哪里。可是再回头时，他们已经消失不见。

　　路旁小径深处，只有荒草废墟。

　　伊尔库茨克火车站一直在那里，在寂静的安加拉河西岸。

　　夜已深，候车厅里的人越来越少。坐在墙角的老先生向警察央告，外面太冷了，他希望警察能让他继续留在候车厅里。警察最终同意了，他片刻又睡去，在候车厅里播放着的美国电影的俄语配音中睡去。

　　前排的椅子上，坐着一位金发的俄罗斯女人，一位黑发的朝鲜人——后来他的另外两个朝鲜伙伴搬着满满两箱方便面与啤酒走上了月台，彼此之间用朝鲜语呼唤着寻找他们的车厢——一位黑黄外套的猫盘坐在他们之间。

金发女人的浅沙色头发的孩子在他们面前跑来跑去，然后停下来，挖着鼻孔，好奇地看着朝鲜先生，再看看猫先生。

朝鲜先生是好脾气的先生，乐意应酬孩子。猫先生是坏脾气的先生，孩子想摸摸他，他尖叫一声站起来，腾空而去。

孩子有些悻悻然，转身走到自动咖啡机旁边去看茫然不懂如何操作的高加索女人。可能是为了表示友好，他换了另一只没有惹怒谁的鼻孔挖了起来。

身边的中亚人坐在椅子上东摇西晃地睡着，忽然决定脱下鞋来换作比较舒服的姿势半躺着。孩子最多惊走一位猫先生，他的脚臭却能够清空整间候车厅。他没有行李，似乎也只是借着温暖的地方度过漫长的夜，他比我更需要候车厅，所以我独自走出候车厅自由呼吸。

独自走回安加拉河铁桥，已过午夜。

西伯利亚的清冷的夜空，有一轮明月。

傍晚我也在桥上，倚着桥栏，能看见桥下的安加拉，静默地去寻她心爱的叶尼塞的安加拉。

河水来自贝加尔湖的安加拉，到达伊尔库茨克时，一路只经过无尽的落叶松林与人烟稀少的村落。所以伊尔库茨克的安加拉河水，依然如其为贝加尔湖水时清澈。水浅处可以看见水底的草叶，而最深处，我想如果不是因为湍急水流的扰动，一定也可以看见河床上的每一颗卵石。

河畔，在傍晚时候平淡的西伯利亚铁路轨道，在夜色中却如明亮的霓虹灯交错蜿蜒。

每条光滑如镜的轨道上，都倒映着一座灯火通明的伊尔库茨克火车站。

倒映着一轮中秋的月。

14

他谁也不看一眼，谁也不说一句话

今年离开伊尔库茨克，中秋，午夜。

在伊尔库茨克客运火车站（Иркутск-Пассажирский）有同样漫长的等待。偌大的火车站，只有一辆孤零零的099次列车，099次列车来自符拉迪沃斯托克，去往莫斯科，途经西伯利亚铁路的全程。

赫德里克·史密斯在《俄国人》中写道：

> 一个没有经历过乘火车穿越西伯利亚这种艰难历程的西方人，要想体会苏联的幅员辽阔是有困难的。他头脑里没有多少感性知识，不能理解一个包括十一个时区的国家的地理含义。他也不能一下子接受这一事实，即从列宁格勒到纽约的距离要比到符拉迪沃斯托克近得多。美国人习惯地认为自己的国家是横跨美洲的大陆国家，但同苏联辽阔无垠的国土相比，它只能居其次。仅仅西伯利亚这个地区面积就有美国再加上半个加拿大那么大，从莫斯科到伊尔库茨克的三千二百英里旅程相当于从纽约飞到洛杉矶，然而这还仅仅是走了半个苏联。

其实不能体会俄国的辽阔的又何止没有经历火车穿越西伯利亚的西方人？对于已经穿越过西伯利亚的东方人的我而言，仍然无法想象这样的距离究竟有多么遥远。站在西伯利亚铁路半程的伊尔库茨克火车站，我觉得我已经在列车上经历了无数这样的夜晚，并且仍将继续无数这样的夜晚。

一列又一列陌生的火车，一张又一张陌生的铺位，一位又一位陌生的旅伴。

电气化的铁路列车，车头却依然有弥漫着浓烟的烟囱，也许取暖用的依然是燃煤锅炉。

月台上，弥漫着如雾般的煤烟。煤烟与寒冷的味道，让我如在中国北方哪座小县城的冬夜，而非遥远的西伯利亚。

一切都是宁静的，月台上，车厢里。四号二等卧铺车厢的所有旅客都已入睡，我摸黑爬上了我的10号上铺。我还能够清晰地回想起去年离开伊尔库茨克，是在同样的季节，下午。

铺张在伊尔库茨克城外的，是东西伯利亚广袤的森林与草原。草原上还有不知道名字的最后时节的野花、落叶松与白桦。白桦，那些纯净的白色的树干与枝杈，是上帝遗漏了色彩的画布，这让世界变得还有期盼。是未完工的，也许明天醒来，世界会新补上色彩。

最美的，是列车依然追逐着阳光的时候，远处乌云漫天。一箭外的高岗上，是连绵的农田，农田里铺满金黄的麦草茬。

墨绿色的森林上的一片金黄，阳光正明艳。然而远处却是浓阴，阴郁的黑暗仿佛魔鬼般急不可待地想要吞没连绵的希望般的金黄。

可是金黄，却忽然放射光芒，阳光穿透薄云，如盛夏晴朗。

一道彩虹，纵贯天际。

四个小时后，奥卡河（Ока）畔的济马（Зима）。在济马火车站漫长的停站，夜色悄然尾随而至。

我记得那时我站在密布阴云的月台，月台上有一位俄国警察正在和他的女朋友热烈地聊着天。

拥抱，亲吻，仿佛他们已经分开了一个世纪。

然后，东西伯利亚阖上了帷幕，四野归于无尽的黑暗。

车窗外的暗夜之中，有猛烈的雨，有划破天际的闪电。

有轻笼四野的晨雾。

我没有再见济马，看见的是图伦（Тулун），伊尔库茨克西北三百九十公里处的图伦，仍在伊尔库茨克州境。

醒来的那一刻，列车恰停在图伦火车站。天空中只有浅浅的一抹蓝，图伦火车站白色与褐色相间的候车楼里，依然亮着夜灯。我觉得一定是我醒来得太早，可是看时间才发觉离开伊尔库茨克已近七个小时。时速不足六十公里，西伯利亚铁路列车确实有些慢。

赫德里克·史密斯搭乘的西伯利亚铁路列车：

> 以蜗牛般的速度爬行着，这种速度倒充分说明了地理距离之遥远。就像缓慢地逆风航行在广阔内海中的一条嘎嘎作响的商船，我们的列车爬过辽阔的大陆。这次列车被称为莫斯科—北京特别快车〔按车厢里一张通告的说法，它将行车一百七十五小时，行程为五千六百三十英里〕。我们去伊尔库茨克的旅程还只是列车行程的一半，可是我们在车上待了漫长的四天，凝视着窗外千篇一律的景色：连接微微起伏的雪原的，是由白桦树和落叶松组成的森林，

白桦林

然后又是茫茫的雪原。我们感到自己好像是航行在海洋上的旅客，凝视着滚滚的波涛。围困在雪原中的村庄以及村里饱经风霜摧残的冒着缕缕炊烟的农民小屋，仿佛海洋中孤寂的岛屿在我们眼前浮过，看上去好像荒无人迹地坐落在雪海之中。

一九二七年的马员生，"在离开海参崴的第十三天下午，终于到达了盼望已久的莫斯科"。一九四六年访问苏联的茅盾，日记中有更准确的日期：十二月十三日由符拉迪沃斯托克出发，十二月二十五日抵达莫斯科，同样是在第十三天到达。到达伊尔库茨克的时间是十二月十八日，距莫斯科尚有一周时间。至赫德里克·史密斯乘车的七十年代初期，不到三十年的时间，列车运行时间缩短一半左右。去年，我由伊尔库茨克去莫斯科搭乘的也是赫德里克·史密斯所谓的特别快车——北京—乌兰巴托—莫斯科国际联运干线铁路列车。赫德里克·史密斯四天的旅程，用去我三天时间，可见这四十年以来，列车运行速度的提升极其有限，或者已至西伯利亚铁路的极限。

但是我却不像他那样满腹怨言，毕竟我所见有限，因此西伯利亚铁路的任何一段旅程对我而言都是充满诱惑的，我并不介意车速太慢，我甚至觉得还可以再慢一些，如果俄罗斯联邦政府可以给我有效期更长一些的签证的话。最好停站每座火车站——包括像梅索瓦亚那样的小火车站——在每座火车站又停站很久，这样我可以出站四处看看那些我从未见过的城市与村镇。人生总不过是一次旅行，终有结束，那又何必匆忙于旅途呢？

所以，像是在图伦火车站区区两分钟，甚至不能走下月台以节省时间的停站，才是真正会让我满腹怨言的。

卡米拉和她的妈妈

伴随晨曦而至的，还有浓烈的咖啡香味。

是我的下铺，一位身材魁梧的俄罗斯男人，他的早餐，一杯咖啡，两袋白糖。速溶咖啡，是在乘务员室买来的。喝了两口他才意识到自己同样也没有携带食物，于是又返身买回一块最大号的夹心巧克力能量棒以充早点。

在俄国人壮硕的身体里，一定也有一片浩瀚的胰岛，像萨哈林那样大的胰岛。

硬汉的形象，让他的友善看起来也很冷漠。他掰下一块巧克力，冷冰冰地递给了坐在对面下铺眼巴巴地看着他的小姑娘。

小姑娘坦然不客气地接过吃了起来，她和怀抱着她的妈妈都没有道谢，他们的态度让我一度以为他们是一家人，直到魁梧的男人在乌第河畔的下乌金斯克（Нижнеудинск）——与乌兰乌德旧名上乌金斯克对应的另一座以乌第河为名的城市——独自下车。

小姑娘非常漂亮，有些蓬乱的栗色长发与略浅些的栗色瞳彩，长长的黑色睫毛，耳垂的边缘，攀着两粒细致的耳钉。她也许混血，她的沙色头发与灰蓝色眼睛的妈妈才更像是血统纯正的俄罗斯人。果不其然，她的妈妈说她们来自哈萨克斯坦——原本生活在哈萨克斯坦的俄罗斯族裔，转国籍为持俄罗斯护照的俄罗斯人。而小姑娘的父亲，无疑是哈萨克斯坦的非俄罗斯族裔。

所以小姑娘也有一个更像是中亚人的名字：卡米拉（Камилла）。

比起性格内向的俄国人，她们的性格显然更接近外向的中亚人。对于分享食物这种小事情，绝不会像俄罗斯人那样推辞，而是理所应当地接纳。这也许是另一种礼貌。

不像乌兰乌德开往伊尔库茨克一段空荡荡的069次列车，伊尔库茨克开往新西伯利亚一段的099次列车，简直人满为患。一多半是中亚人，并且新西伯利亚是他们共同的终点。

新西伯利亚是略晚于西伯利亚铁路建成的土耳其斯坦—西伯利亚铁路（Туркестано–Сибирская Магистраль）的北方端点。土西铁路（Турксиб）的南方端点在乌兹别克斯坦首都塔什干，向东北途经吉尔吉斯斯坦首都比什凯克（Бишкек）、哈萨克斯坦曾经的首都与现时最大的城市阿拉木图，最终在新西伯利亚连通西伯利亚铁路。所以如果铁路往返俄罗斯与中亚，必经新西伯利亚中转，正如往返俄罗斯与蒙古必经乌兰乌德。

比起因低生育率而致人口不断减少的俄罗斯族，中亚具有相同信仰的诸民族，则钟情于生育。车厢里的中亚人，大多拖家带口，车尾连续的两间卧铺敞间，甚至还没有住下一家乌兹别克人。

中亚老人的午餐

　　大多是乌兹别克人，中午的时候，满车厢眼花缭乱的馕。我觉得如果俄罗斯铁路允许旅客在车厢中生火，他们一定乐于带上羊肉和木炭，在旅途中愉快地烤起肉串。

　　赫德里克·史密斯颇为反感地写到俄国人在列车中的自备食物——看来漫长的旅途已经让他烦透了身边的一切——"在动身之前，他们就已准备好整只整只的黑面包、大块的干酪、一份份烧熟的冷鱼或肉饼，还有一个塞得满满的网线袋，里面装着令人作呕的甜汽水或淡啤酒。"虽然这样的用词令人感觉不悦，但事实上也差不多。我的敞间旁的边铺下铺，同样住着一位中亚老人，他的食物就是动身之前准备好的。方便面、整盒的煮土豆、整盒的炸肉丸、一袋又一袋的蔬菜水果。不同的是作为中亚人，他把整只整只的黑面包换成了整只整只的馕。

泡好一盒方便面，兼做主食与汤，吃洒盐的整颗土豆与切片的西红柿，却把装满肉丸的餐盒藏在铺位上，鬼祟地拈出一丸塞进嘴里，像是偷吃零食的孩子。去年的西伯利亚铁路旅行，下诺夫哥罗德之后，一对俄罗斯父子买到阿廖沙母子空出的铺位。坐定以后，两人打开一盒红烧牛肉开始他们的早餐，佐以几片面包，一枚辣椒。父亲的体重早已经严重超标，口腹之欲过后，用随身携带的血压计自测血压。看起来血压不甚乐观，他有些紧张，于是反复测量，一次又一次，直到将近莫斯科，也不知道他终于找到一次可以安慰自己的读数没有。中亚老人安慰自己的方法，是在每吞下一只肉丸之后，立刻从蔬菜袋里挑出数量惊人的香菜与紫苏，揉成菜团塞进嘴里大嚼。蔬菜总是可以中和肉食的，就像碱之中和于酸，然后生成全无害处的云淡风轻，不是吗？我们既然无法克制自己吃肉的欲望——我咬下一口在伊尔库茨克超市买到的俄国酱肉，冷静而客观地想到——那么我们就一定要找到克制吃肉的罪恶感的方法。

其实，在列车车厢中饕餮食物这件事情上，身为中国人，我们是见过大世面的，特别大特别大的世面。所以，西伯利亚铁路加挂全列餐车的旅客列车，也并不能让我像赫德里克·史密斯那样少见多怪。

反而我觉得俄国人在这件事情上已经做得足够好，不论吃得有多么不堪——我是指热量——餐后他们可以让一切恢复原状。仔细收拾起所有东西，不留一点垃圾与食物残渣。

唯一的异类，是铺位距离车尾中亚人家不远的安集延人。

在很多方面，他都是全车厢中最特别的中亚人。首先他不在俄罗斯谋生，他是乌兹别克斯坦警察。其次，他不是回到七河之地的中亚，而是去往图拉河（Тура）畔的秋明州（Тюменская Область）首府

玩填字游戏的旅客

秋明（Тюмень）。再次，他是去旅游。最后，也是最特别的，他敢于在满车厢的同胞中公然无视宗教忌地饮酒——当然，伏特加从酒瓶进入口腔的过程还是隐蔽的，不是为了避讳本国的教友，而是避讳他国的同行。

他同敞间的酒友也很特别。一位高大英俊的俄罗斯年轻人，行李却像一名流浪的军人，尤其是一只军用水壶，已经被烟熏为黑色，仿佛不是与我同在伊尔库茨克进站，而是从西伯利亚哪里的密林中跳上列车。

聊起来，他介绍自己是白俄罗斯人，然后问我可否说法语——俄罗斯人确实更多地会在大学期间选修德语、法语而非英语——我遗憾地摇头，忽然想起乌兰乌德背白伞的法国人，不知道现在流落在哪里？

旅客

在俄罗斯铁路列车上，中亚人、高加索人与伏特加，都容易招惹来面容冷峻、袒露着挂在腰间的手枪与手铐的警察。一路而来，我不断看见警察唯独只检查车厢中的中亚人与高加索人的身份证件，这导致我忽略了不断耳闻的俄国警察针对中国人的特别执法的传闻，误以为中国人是安全的。

可能是安集延人和白俄罗斯人把伏特加的味道传染给了我，一名警察路过我的时候，忽然停下，示意要检查证件。我像其他中亚人那样，把护照和车票递给了他。却不料，中国人的待遇还要更糟糕，警察居然用地道的中文告诉我他需要检查的：邀请函。

外国人申领俄罗斯，包括乌克兰、中亚诸国等前苏联国家旅行签证，需要有其国内单位出具的邀请函，以资担保。对于大多数对其国家与语言完全陌生的中国人而言，这并不是一件容易的事情，所以如我一般，会付费请旅行社代为办理签证，邀请函由旅行社自行解决。虽然绕过这种限制并不困难，但手续却必不可少。出具邀请函的单位名称不但会被打印在签证上，还需要将邀请函随身携带以备海关查验。

因为彼此了解这不过徒增麻烦的形式主义，所以即便是在俄罗斯海关入境出境，也无官员查验邀请函。而所谓邀请函，不过是出具单位以任意格式在任意纸张上打印的一页纸。却不料，会有铁路警察特别要求查验邀请函。我想，可能正是因为许多中国人如我一般疏忽，才会有此临检。毕竟，如果没有随身携带邀请函是合情但不合法的。

我本还有些庆幸，庆幸此行特别记着携带邀请函，而不像之前完全忽视其存在。坦然把邀请函递给他，他指着邀请函上的路线（Route）一栏，严肃地指出那里只填写了一座城市的名字：伊尔库茨克——看来为我代办签证的旅行社对于邀请函的真实性同样不以为意，他们从来也没有询问过我的旅行线路——所以，合法地说，我持由这份邀请函申领的签证只能进入伊尔库茨克一地。

警察面沉似水地把邀请函还给我，转身离开。我觉得麻烦大了。哈巴罗夫斯克去乌兰乌德的列车上，警察就是这样单独离开，然后再有更多警察折回，带走了亚历克斯和他的朋友。

看见我神色紧张，肉足馕饱的中亚老人不断安抚我，摆手示意无事。与他相邻的51号边铺下铺的俄罗斯年轻人，也同情地看着我。我满脑子想的都是，我还有多少卢布？我能破多少卢布免多大的灾？

51号的年轻人也是异类——如果他的同胞警察没有吓唬我的话，我会用更好的字眼，比如有趣——整天他都抱着一本书页泛黄的又大又厚的书看个不休。苏联作家尼古拉·扎多尔诺夫（Николай

旅客

Павлович Задорнов，1909-1992）关于开拓远东的历史小说，墨绿色
封面上漂亮的哥特体西里尔字母拼写的书名。书如果没在手中，那就
是在吃饭，他最特别的食物是一瓶不知道什么豆子，酱色的仿佛发酵
过的豆子。用自带的勺子大口大口地吃豆子，看书；看书，吃豆子。

　　他是外貌标准的英俊的斯拉夫人，只是太过沉默。可能许多俄国
人都是如此，太过寒冷与寂寞的国土，内向以至抑郁的一定大有其人。
我一直觉得他就有严重的抑郁，他并不遮掩，我能看见他左手手腕内
侧遍布自残的伤疤。

　　直到在每座停站火车站的月台，他总是在给谁打着电话，笑容仿
佛直晒在脸上的阳光，没有一点阴影。

　　下午，就像去年，东西伯利亚变得阴晴不定。

车过克拉斯诺亚尔斯克边疆区（Красноярский Край）的勒肖塔火车站（Решоты），开始下起了雨。一阵急雨，铁路旁白桦林与落叶松林间的公路，满是积水。驶过的汽车却并不知道减速，轮下溅起的雨水几乎扑上车窗。雨势在伊兰河（Иланка）畔转弱，伊兰斯基（Иланский）的伊兰斯卡娅火车站（Иланская）的月台上，若非皮肤上忽然一点一点的凉，已经感知不到雨的存在，空中飞来扑去的只是许多觅食的鸽子。

车尾最后一张37号边铺下铺的俄罗斯老人，终于也决定下车走走。他整天都躺在自己的铺位上，面向车尾，沉默地看着窗外的白桦林，无论身边的乌兹别克人家有多么吵闹。

他让我想起哈巴罗夫斯克的亚历山大老头。但是他却比亚历山大老头更老也更困窘。灰白的短发，灰白的胡须，灰白的满是皱纹的面孔，整个人都是黯淡的。藏青色的布料西装外套已经很旧了，而在早晚如此寒冷的深秋，他的外套里却只有一件缀着针脚细密的补丁并且已经脏成灰黑色的白衬衫。衬衫的扣子上拴着一根白色的塑料绳，穿过前襟，另一头系着什么东西塞在西装外套的口袋里。我本来以为是一串钥匙，直到他拿出来看时间的时候我才知道——不是怀表——是巴掌大的一只闹钟，摆在桌面上的那种闹钟。他没有任何一块表，他只好随身带上家里的闹钟。

而更让我难过的是，后来我看见他拿着一只明显已经用了很久的空矿泉水瓶进了洗手间，半晌接了满满一瓶自来水走出来——这并不容易。俄罗斯铁路列车大概为着节约用水，别扭地将水龙头开关隐藏在正下方出水口的后面。用水时，需要一只手始终用力向上顶住短杆状的开关，这让人永远无法用双手掬起一捧水——他弄得身上溅满了水，落魄极了。

37号铺的老人

躺回铺位上，他把矿泉水瓶摆在身边，我想他可能是需要洗些什么东西，可是不多会儿就看见他拧开瓶盖喝了起来。

他依然看着窗外。

他已经习惯了这一切，他无所谓别人会怎样看待他的困窘。或者说，他也无所谓这个世界了吧？他谁也不看一眼。

像是在车尔尼雪夫斯克，月台围栏外也有在出售食物的女人，特别的是还有一盒一盒的松子，看来伊兰斯基的伊兰河谷间，像是利斯特维扬卡的山岭上，有着无尽的落叶松林。

他看了看围栏外女人们的食物，什么也没有买。他本想返身上车，忽然发现远处的月台旁还有一间出售食物的小店，于是又佝偻着身子走回去。他在店里耽搁了很久，直到乘务员在月台上四处招唤旅客上车。

那时候雨势又紧，他从店里走出来，藏青色的西装外套上，片刻满是黑色的雨点。

099次列车在伊兰斯基停站二十二分钟，他用去其中一多半的时间，买了两个大面包，一根最便宜的淀粉香肠。

克拉斯诺亚尔斯克（Красноярск），几乎南北纵贯北冰洋至蒙古草原的克拉斯诺亚尔斯克边疆区的首府。一六二八年，安德烈·杜奔斯基（Андрей Ануфриевич Дубенский，?-1640）率领哥萨克拓荒者最初来到这里，他们修筑城堡，以图河谷间广袤而丰饶的土地。在给俄罗斯帝国皇帝的信中，哥萨克人写道：

> 在这座全是木头房子的小镇，我们艰难地建立起了防线。作为您的仆人，我们按您的意思设置了一套工作制度，保证探索新领地的同时加强据点的防御。

四百年后，杜奔斯基探索的新领地，已经成为西伯利亚的第三大城市。那条在克拉斯诺亚尔斯克城中与西伯利亚铁路交会的河，是叶尼塞河。

亲爱的安加拉公主，看见你的叶尼塞了吗？

列车在停站克拉斯诺亚尔斯克之前，穿越叶尼塞铁桥的时候，天又放晴，满河夕阳。

月台上，有姑娘在迎候她们的情人，就像迎候安加拉的叶尼塞。他们并没有一起离去，她们并非是来接站，只是为着当情人途经自己的城市的时候，能与他相会列车停着的半个小时。

我不知道为什么会有许多这样的情侣，甚至是51号铺的放下了该

克拉斯诺亚尔斯克火车站月台上的情人

死的书与豆子的年轻人，他的情人也在月台上。

他们拥抱在一起，亲吻，爱抚。

夕阳溢出河谷，流淌在月台。

再次走下列车的37号铺的老人，刚吃完他的晚餐。四分之一个面包，小半段淀粉香肠，还有矿泉水瓶中的自来水。

站在月台，他掏出闹钟看了看时间，然后就在最远离愉悦的情人们的月台另一侧来回踱步。

他谁也不看一眼，谁也不说一句话。

也没谁看他一眼，也没谁和他说一句。虽然我很想，虽然我始终惦记着他，总是走到车尾去看看他，但是我却不能和他说上哪怕一句话。

他也没打算理我，这是无休止与无解的循环。

夜在哪里来到，我没有再记下。睡在对面上铺的卡米拉，趴在被子上，脸贴着车窗看窗外的西伯利亚。可是却就那样忽然睡着了，漂亮的面孔映在车窗玻璃上，忽明忽暗。

警察最终没有再回来找我的麻烦，今夜我也可以放心安睡。

午夜之前，空中飘浮着的依然是中秋的月。

轻雾飏起，盘桓在木屋的窗台下，仿佛风中的雪。

15

只因此一见 只需此一见

  房东亚历克斯，像是正在德文郡猎狐的英国人，修剪精致的须髯，铁灰色的毛呢外套，围巾以及猎装帽。

  我到得太早，太早给房东电话请他安排我入住，未免太不礼貌。但是我无处可去，餐馆还没有营业；我也无处可藏，新西伯利亚，正落着绵密的雨。

  风原本已冷，何况又浸透了雨？

  好在旅馆并不远，就在右转上火车站大道（Вокзальная Магистраль）临街一排漫长的砖楼里。是那种"莫斯科和苏联其他大城市郊区耸立着的一排排用预制构件建造的有镶嵌板的九层、十一层和十四层的公寓楼"。

  公寓楼临街一面是齐整的墙面与窗格，或者有繁缛装饰，甚至是几乎与楼层等高的马赛克拼贴画或者浮雕，用以展示共产主义的宏大理想。穿过凯旋门一般宏大的拱门，所有的单元门都隐藏在理想主义的后面。道路遍布坑洼，积满雨水，路旁是几乎与人等高的荒草。楼道里暗无天日，只有一盏昏黄的白炽灯，仿佛战时的坑道。红黄相间的地板砖只残留几片，以示曾经有过的粉饰，以示并非只如现在这般，水泥地面层层剥落。电梯也许仍然能够运行，然而所有的指示灯寂然沉默。斑驳的墙皮上刷着绿色的漆，绿色一并涂上了钉在墙上的信箱。信箱敞着门，空空荡荡。

公寓间格局也是苏联时代的，客厅很小，两米左右见方，铺着整片的人造革以充作地板。三间卧室呈折尺形排列，两间窗向理想主义的大街，一间窗向寂静的理想主义的背身。

亚历克斯像摆放石子一样安排房客的住宿，填满一间再开另一间。他打开主卧室房门，查看是否已经住满房客。我以为我到得太早，但是房客们离开得更早，只有床铺上的私人物品表示并非闲置。确定住满，略作犹豫，亚历克斯才决定让我住进与主卧室相邻的可以看见理想主义的卧室。他绝不能允许房客像水一样均匀地漫在自己的旅馆里，就像他仔细向我解释钉在墙上的住宿守则那样，他的严谨确实也像一个英国人。可惜他的英语有太过浓重的俄国口音，我听得一知半解。不过我听懂了他反复强调的重点，比如退房必须在正午十二点以前，必须在那之前把钥匙交还到他的手里，我才能拿回钥匙的押金。

我住进的卧室，有三张空着的双层床。临街的窗下还有一张单人床，单人床的旁边，是一张书桌，床上桌上，满是女孩子的零碎。衣架上，同样还是女孩子的衣服，上面简单地搭一张床单，遮挡灰尘。

亚历克斯告诉我，单人床的主人是一位漂亮的姑娘，他向我啧啧赞叹，意思是被安排住进这间客房的我是何其幸运。亚历克斯指着与单人床正对的双层床，坏笑着示意我可以住在那里："你知道吗？你晚上能看见她，真的特别漂亮。"仿佛如果我是一个有觉悟的房客，我应当为此向他支付双倍房钱。

没有看见漂亮的姑娘，却先看见一队身穿迷彩作训服的俄罗斯士兵。我错愕地站在亚历克斯身后看着他们一个一个走进拥挤的客厅，放下行李，脱下皮靴，同样错愕地看我一眼，然后钻进另一间临街的卧室，悄然无声。

显然也是早已安排好的预订，亚历克斯神色平静，似乎早已对此习以为常。不像是一位旅馆的老板，倒更像是一座兵营的长官。

兵营长官在最后一遍巡视之后离开，我坐在自己的床铺等候雨停。

我毫无人性地选择了距离单人床最远的铺位，看着窗外阴沉的天空，我等着自己慢慢干燥。新西伯利亚的公寓楼里已经开始供暖，热力十足，屋子里有淡淡的香水的气息。

窗外安静的瞬间，能听见雨滴撞上玻璃的声音。

新西伯利亚州（Новосибирская Область）首府新西伯利亚是符拉迪沃斯托克一路以来第一座拥有地铁的城市。走来旅馆的路上，在火车站站前广场看见有地铁车站的入口。在床铺上百无聊赖地翻看地图，发现火车站前的广场与地铁站，并非简单地以火车站为名，而是共用一个冗长的名字：加林－米哈伊洛夫斯基广场（Площадь Гарина–Михайловского）。

尼古拉·加林－米哈伊洛夫斯基（Николай Георгиевич Гарин-Михайловский，1852-1906），与新西伯利亚这座城市有着莫大的渊源。他有两个看似矛盾的身份，作家与铁路工程师。

一八九一年，加林－米哈伊洛夫斯基否决了为西伯利亚铁路在托木斯克（Томск）地区修建鄂毕河（Обь）铁路桥的原始方案，改将桥址选在托木斯克南侧卡缅卡河（Каменка）汇入鄂毕河的河口处。新桥址的河床更加坚固，才可以稳固桥梁以抵御鄂毕河凶猛的春汛。加林－米哈伊洛夫斯基的这一决定，直接改变了历史走向，卡缅卡河河口的村落，因一八九三年鄂毕河铁路的建成，因西伯利亚铁路经此，而渐繁荣，而渐为城市。

渐为西伯利亚最大的城市，渐为全俄罗斯第三大城市。

加林－米哈伊洛夫斯基成就了这座城市，他被认为是这座城市事实上的创始人，但是城市最初却以新登基的皇帝尼古拉二世命名：新尼古拉斯（Ново-Николаевского）——一九〇三年更名为新尼古拉耶夫斯克（Ново-Николаевск）。俄罗斯帝国领地中，又一座属于皇帝的新城，新的尼古拉耶夫斯克——旧的尼古拉耶夫斯克（Николаевск-на-Амуре）在阿穆尔河畔，原本大清国称之为庙街的那座城。

更名新西伯利亚，是在苏联时代的一九二六年。特别之处在于，苏联解体之后，新西伯利亚并没有像叶卡捷琳堡（Екатеринбург）或者圣彼得堡那样恢复皇帝之城的本名，也许是相比伟大的先皇而言，尼古拉二世太过孱弱。

有人会怜悯他，但无人以他为荣。

我有些怜悯我自己，雨似乎永不会停息。

千辛万苦来到千山万水外的新西伯利亚，却遇着无休无止的雨。

我又不像法国人那样有一把伞。

午后，我决定不再等待。无论如何我都要去哪里，毕竟还有可以避雨的有轨电车，还有地铁。

玄关地面上，满是俄国大兵们的黑色皮靴，鞋舌内侧白漆写着主人的士兵编号：1239128，诸如此类的。或者，根本就是皮靴的鞋码，否则怎么每只都会那么巨大？比起来，我的鞋子像是淹死在一群海豹之间的两只小企鹅。我穿上我的小企鹅，拿着半尺长的款式老旧的房门钥匙，走进雨中，跑到地铁站，买了一枚十八卢布的铜币形状的地铁票，站在空无一人的站台上。

红色大道地铁站

以我对北京地铁的印象，大概辛亥革命以后，就没有看到过如此冷清的地铁了，我甚至担心是不是根本就没有什么地铁，这不过是又一个营造共产主义宏大理想的道具？

直到坐在只有我一个人的地铁车厢里，我依然难以接受有如专列般的地铁搭乘体验会是真实的。后来才渐渐有其他零落的乘客，后来我才渐渐以实践证明了新西伯利亚地铁系统的存在：两条线路，1号列宁线（Ленинская）与2号捷尔任斯基线（Дзержинская）。其中1号线西伯利亚（Сибирская）地铁站与2号线红色大道（Красный Проспект）地铁站为换乘车站。我上车的尼古拉·加林 - 米哈伊洛夫斯基地铁站，是1号线的西端起点站，难怪冷冷清清。

我的实践，就是无休止地一站又一站坐下去。从列宁线，再到捷尔任斯基线，看看每站的站台——若非买太多地铁票会是一笔不小的开支，我甚至想在每站出站，再看看站外的风景。

如果不是忽然看见了鄂毕河，也许十八卢布就打发了我的整个下午。

这不是不令人后怕的，我险些错过旅途以来最美的风景。

捷尔任斯基线向马克思广场（Площадь Маркса）方向的地铁，驶出河运码头（Речной Вокзал）地铁站之后，窗外暗无天日的隧道，忽然明亮起来，忽然在穿越铁路桥，忽然在鄂毕河上。天空低垂如墨般浓云，只在远处地平线上有一抹光，仿佛是毁灭世界的核战争带来的永夜之后的第一个黎明，仿佛是世上最后的幸存者钻出地下掩体时看见的新世界。

原本因为无休止地搭乘地铁而无聊得有些昏昏欲睡的我，忽然就像正在酒瘾中煎熬的俄国人看见了免费的伏特加那样血脉偾张。我从座椅上弹跳而起，急不可待地在车门旁等到过桥重进隧道的下一个地铁站，冲出车门，跳进站台对面返程的地铁，回到显然离河更近的河运码头站，跑出地铁站，我已经看见紧邻铁路桥的北侧还有一座可供行人穿越的公路桥，爬上连接人行道与引桥的阶梯，向着视野更加开阔的桥的中点飞奔而去。

风正裹着雨从鄂毕河西岸扑来，黑压压的云，白茫茫的河，雨滴踢在我的脸上，我已经不再感觉冷，我甚至感觉到痛，但我仍然飞奔而去。

既然无法阻我，索性放我而去，一阵暴虐的急雨之后，忽然有片刻雨歇。

十月大桥（Октябрьский Мост），跨越鄂毕河的公路桥，我只能在北侧桥上北望，北望远方的西伯利亚铁路桥，北望西伯利亚铁路桥上穿行不休的西伯利亚铁路列车，北望北去的鄂毕河水，我知道在北方的天际尽处，有鄂毕河的终点，北冰洋。

我无法南望，地铁铁路桥就在十月大桥桥南几乎触手可及处。桥上全程笼盖着如茧一般的幕罩，正阻挡我南望鄂毕河水来的方向。不像首都莫斯科那样早早拥有自己的地铁，新西伯利亚地铁晚至一九八五年方才竣工。相较莫斯科地铁站所罕见的恢宏，新西伯利亚地铁站只有实用的朴素。甚至太过朴素，朴素得几近寒酸，这让张贴在地铁站内色彩明快的广告与地铁站本身的单调冷淡反差巨大，显得格格不入。

比起建成三十年的地铁铁路桥，一九五五年通车的十月大桥已经破旧不堪。桥体金属栏杆整体向外倾斜，引桥水泥围挡砌有突出的半圆平台以做观景台，而东侧引桥的观景台护栏索性坍塌，无人修复，只是草草封闭了事。桥面遍布裂隙，透过裂隙可以看见桥下阴郁的鄂毕河水。

理论上，俄罗斯最长的河，可以是发源于贝加尔湖西岸山岭间的勒拿河，也可以是十月大桥下的鄂毕河。

西伯利亚的原野上，有四条巨大的河流向北奔流——勒拿河、叶尼塞河、鄂毕河和额尔齐斯河（Иртыш）。勒拿河和叶尼塞河的水路均在四千公里以上。如果从比亚河（Бия）和卡通河（Катунь）的汇合点算起，则鄂毕河较勒拿河和叶尼塞河短（约三千五百公里），然而鄂毕河有支流额尔齐斯河，它比其河口以上的鄂毕河还长，本身就超过四千公里。从额尔齐斯河的源头到鄂毕河河口的直接水流长度超过五千四百公里，如再加上鄂毕湾，那么"大鄂毕河"全长突破六千公里。这样一来，苏联最长的河流就不是勒拿河，而是鄂毕河了。

——引文摘自斯坦尼斯·卡列斯尼克（Станислав Викентьевич Колесник，1901-1977）等人合著的苏联时代官方地理丛书，所以仍称"苏联最长的河流"。

大鄂毕河，绵延六千五百公里，何其漫长？可是比起它所在的西伯利亚，又是何其渺小？我永远不可能看见它们的全部，绝无可能，永无可能，即使我用去一生时间。这让人感觉渺茫，感觉无望。

但是今天，今天我看见一公里鄂毕河。虽然比起鄂毕河的全部这微不足道，不过我却可以凭栏想象那些我永不能见的全部，在无垠的西伯利亚的原野上，当风雨来临的时候，或者将近北冰洋的河口，当

鄂毕河

风雪来临的时候，鄂毕河仿佛现在或者甚于现在的模样。

我只比从未得见的昨天多见着一公里的鄂毕河，然而零与一的距离，却已如一与六千五百的距离。

雨势又起。

雨势又起，眼见得雨又从西岸渡河，半幅河面平静，半幅河面密布雨的足迹，冲过来，翻身上桥，踏我而去。无所谓，无所谓避雨，也无处可避。我就径自迎着风雨，看鄂毕河的风雨，我从未得见风雨如此壮阔，如此苍茫。

纵然全身湿透，纵然不住寒战，我依然感谢今天的新西伯利亚与鄂毕河。

只因此一见。

只需此一见。

后来雨住了，末日般的云也散了。

世界忽而平淡，所以我想也许我今天最应当感谢的是我本在诅咒的天气。

清晨，到站前一个小时，乘务员便把所有在新西伯利亚下车的乘客唤醒。洗漱，整理床铺。

这用不了多少时间，到达新西伯利亚前的最后一段旅途，是漫长的沉默。所有将要下车的人，都沉默地坐在铺位上，俄国人，中亚人，包括睡眼惺忪的卡米拉，沉默地看着窗外。

那时便已经下起了雨，细雨。白桦以及落叶松，在迷离的雨中，仿佛我昨天看见的那幅未完工的图画，忽然被夜雨洇湿。可是天色黯淡，难以分辨是将天明，还是将无尽的夜。寂静的村口，有几盏昏黄的路灯。径直随铁路延伸的公路上，几辆孤独的客车。

庆幸昨夜哪里的天晴，还能看见薄雾之上中秋的月。

37号铺的老人，仍然沉沉睡着，蒙着头，露出头顶灰白色的短发。

他是车厢中为数不多的几位不在新西伯利亚下车的旅客。

我不知道他来自哪里，我也不知道他将去往哪里。

他让我感觉无力，所有这样的人都让我感觉无力，无论在哪里。我帮助不了别人，我应当视之如幻觉，但我却会苍白地感伤。叶夫根尼·叶夫图申科（Евгений Александрович Евтушенк，1933-），有一首写于一九七八年的诗：《莫斯科至伊万诺沃》（Иваново），我一直喜欢这首关于铁路旅行的诗的最后几句：

> 凡是属于幻觉的东西，
> 过了第一座铁路桥便会消失。
> 凡是实现不了的事物，
> 都会在桦木十字架下被忘记。

我早已经路过了第一座铁路桥。

我只是还没有看见桦木的十字架。

还有，很晚了，我同屋的姑娘才回来。

俄罗斯姑娘，初见我时应当有些惊愕，但是掩藏得很好，只略迟疑，即淡然而笑以示问候。

晚餐就是一小份三明治，然后洗澡回来，坐在床上，一边看书，一边啃一只小小的红苹果。苹果吃完了，打开窗台上几寸的小电视，声音开得很小。她是担心吵着我，我却担心她听不清。

她安静而自制，像是一只矜持的猫。

不多会儿，她关了电视，静静躺下，头冲着我，沙色的头发散在深蓝色的枕后。

她是美丽的。

不过，至于她是否特别漂亮？

亚历克斯还没有路过第一座铁路桥呢。

16

世界只剩下舷窗外漫漶在一起的颜色

公共汽车车顶上的雨声越来越密，我意识到一切又是徒劳。

昨晚我决定改签车票，在新西伯利亚增加一日停留，以便弥补昨天雨阻的行程——虽然意外得见旅途以来最美的风景，风雨与阴云中的鄂毕河——但是我却无法在新西伯利亚的城市里游荡，无法去南郊的科学城（Академгородок）。

加林－米哈伊洛夫斯基广场上，有与西伯利亚最大城市相配的堡垒一般的新西伯利亚主火车站（Новосибирск–Главный）。一八九四年建成的粉绿色的候车楼，在铁青色的夜幕下灯火通明。

来时069次列车的拥挤，让我认为越近莫斯科搭乘西伯利亚铁路列车的旅客会越多。而身为中国人，自旧石器时代以来即有优良的抢购列车车票的传统。凌晨到站，天色黯淡，虽然下着雨，可是提前购买车票的冲动难以克制，于是我说服自己窗外不过是天明即止的夜雨。走出火车站的时候，前往下站叶卡捷琳堡的列车车票已经夹在了我的护照里。

问题在于，我完全不知道俄罗斯铁路是否可以改签车票。没有找到任何资料，我甚至询问了我所有身在俄罗斯的朋友，也是全无所知。

他们在俄罗斯原本即已鲜有搭乘铁路列车的必要，即便有此经历也不会临时改变行程，所以对于改签闻所未闻。而对于我来说，还有更麻烦的问题，即便可以改签，我又怎么把改签这么复杂的事情向完全不懂任何一句英语的售票员说清楚？

我站在候车楼底层空荡荡的售票大厅，左思右想。找来一张白纸，仔细地图解改签，时间、起始站、车次，辅助以醒目的箭头，像是希特勒手绘的纳粹德国进攻苏联的巴巴罗萨计划作战地图。售票大厅正面一排售票窗口中，只有三个窗口亮着灯，坐着人。我左挑右选，献宝一样把地图呈给看起来似乎最有文化的一位售票员，也许她能看懂并且把严重的事态汇报给领袖，但是她却根本不理我，自顾自地埋头在案上的文件中。也许她并不是售票员，我想。

第二位确定是售票员，她接过我的作战地图，拿在手里，贴近眼前，再拿远，然后交还给我，指着自己的眼睛，示意无法聚焦——参加战情研判会议的作战参谋忘了戴上她的眼镜，完全看不清楚。

第三位售票员，胖胖的金发俄罗斯女人，态度和善，而且戴着眼镜。她智商超群，立刻看懂图示的意思，开始在键盘上敲击。可是片刻之后，居然向我摆手，并用俄语向我解释着什么。是不能改签？还是没有车票？我完全不知何意。她看出了我的智商问题，明白说得再多也是徒劳，于是退回地图，不再理我。

如果退票再买，损失退票费用之外，同样面临如何表达的问题。有些绝望，以为无论如何都将按计划在今晚离开新西伯利亚，却看见售票大厅右侧一排窗口中忽然有一个亮起了灯，一位漂亮的，"真的特别漂亮的"年轻的俄罗斯姑娘，正准备开始她的工作。她甚至还没有来得及整理装束，没有扎起的金色间有沙色的长发，松散地绾在耳后。

我第一时间出现在她的窗口，如果仍然改签不成，权当搭讪。

幸运的是，她不但特别漂亮，而且可以说英语。她漂亮地告诉我改签是可以的，然后同样开始操作电脑。多好，同样有问题，我们可以多聊几句。她漂亮地向我解释问题的原因：之后一天没有我原本买到的由新西伯利亚开往黑海度假之地阿德勒（Адлер）方向的139次列车。我立刻明白了，之前我已经注意到，俄罗斯的许多列车班次，因为运行线路太过漫长，所以并不能保证每天对开。往往是隔天，甚至隔几天才会有相同的班次——我立刻向她表示我完全不明白，她不但漂亮，而且友善，微笑着努力向我进一步说明。她的英语并不是特别好，但是特别可爱。

很遗憾，我最终还是补差价改签到了由托木斯克发往莫斯科的037次列车车票，我不得不离开她的售票窗口。

如果她也能住在亚历克斯的旅馆里，我一定愿意支付双倍房钱。

三倍也没问题。

火车站前的加林－米哈伊洛夫斯基广场，是新西伯利亚的公共汽车枢纽站，许多公交站台，许多线路的公共汽车与有轨或无轨电车的起点。站台之前，有很多中亚人经营的出售食物的小屋，清晨捧着从乌兹别克人那里买到的硕大的烤包子，果腹之余，还可取暖。

那时候，只是四野低垂着阴云，顶空却是晴朗的。开往南郊二十五公里外科学城的15路小公共汽车，出站时已经满座。约定俗成的，司机身后的某位乘客兼起售票员的职责。一位塞着耳机听歌的学生，默默向每人收取四十五卢布的车资，集齐以后，一并交与司机。

十月大桥桥头的河运码头地铁站外，是出城进城的咽喉。再上车的乘客，把狭小的客车车厢挤得密不透风。客车后部座位被改为左右并列的两排，以便中间乘客站立。我像俄国人那样，给女孩子们让座，然后像一片广告那样被挤在车窗玻璃上。玻璃上都贴着黑色的遮光膜，我只能隐约地看见车外的鄂毕河。公共汽车一路沿鄂毕河南去，然后，车厢里越来越阴沉，车顶上隐约有雨声，雨声越来越密。

等我在科学城站下车的时候，雨像昨天鄂毕河的桥上。

我意识到一切又是徒劳，沮丧得像是昨晚离开售票窗口的时候。

新西伯利亚科学城的建立，源自苏联时代的一九五七年。为加速开发西伯利亚和远东自然资源，苏联政府通过关于建立苏联科学院西伯利亚分院的决议，其后科学城逐渐发展为占地两千公顷的新西伯利亚卫星城，城中有包括新西伯利亚国立大学（Новосибирский Государственный Университет）在内的众多教学与研究院所，是苏联时代乃至现在俄罗斯联邦的重要科研基地。对于至今仍然觉得飞机能够飞行属于巫术而非科学的我而言，这些并不足以吸引我，吸引我的是建于苏联时代并且相对孤立绝少改变的新西伯利亚科学城，俨然一座完全保留着苏联时代一切的博物馆。

可是，却下着雨。侥幸科学城整体建筑于鄂毕河谷间的白桦与落叶松林中，有暂且可以避雨的枝叶。

遮蔽在林木中的，大多是五六层高的赫鲁晓夫楼。楼与楼之间，有满是落叶与松果的小径贯通。偶尔还有松鼠，不怕雨但是怕我，忽然蹿上枝头，却吓我一跳。

作为研究院所的建筑外墙上，镶嵌着曾经在其中工作过的功勋科学家的纪念铭牌。浮雕在铭牌上的科学家，依然与其奉献一生的工作单位长相厮守。可能只有科学家才能忍受得了这种寂寞，最漫长的人生可能从大学时代就在远离城市的寂静的科学城里，从一栋青砖楼，到另一栋灰砖楼，如此反复，终其一生。

不过，我却为后来去世的科学家们感觉有些不平。他们不再像之前离去的科学家们那样拥有一方青铜铸造的纪念碑，而只是像在撒马尔罕墓地中的新墓碑那样，只是一方影雕的黑色大理石，完全没有浮雕那样强烈的真实感，仿佛他们真在那里一样。

我穿行在林间，雨却越来越大，枝叶不能再庇护我，我已经完全湿透。比昨天在鄂毕河上还要湿，枝叶捧不住雨水，只好整捧整捧地泼下来。走得太深，周折绕回到公交车站的时候，我能感觉鞋子里还藏着一捧雨水，摇来荡去。

可是，搭上返城的公共汽车，还没有离开多远，已经看见干燥的路面。

虽然浓云也攀上了天顶，但是科学城外却完全不曾有雨。

再向科学城南，是因修筑新西伯利亚水电站而与科学城几乎同期形成的新西伯利亚水库（Новосибирское Водохранилище）。新西伯利亚水库绵延将近二百公里长的鄂毕河段，水库有如海般的波涛，所以俄国人称其为鄂毕海（Обское Море）。

无疑新西伯利亚水库与无尽的森林影响了科学城的气候，所以才会有比新西伯利亚城更多的雨水。

在科学城里，我什么也没有看到。为了弥补我，科学城送给我一小片鄂毕海。

摇荡在鞋子里。

整个下午，我都在时雨时晴的红色大道（Красный Проспект）游荡。

每当雨起的时候，我都会眺望十月大桥的方向，想那里还会不会有像昨天那样壮阔的风雨？而每当放晴的时候，我又会眺望南方远处，想那里会不会晴朗起来？

我要不要再回去碰碰运气？

但是我依然游荡在红色大道，我没有更多的时间，我不敢去碰运气，以免又错过城市的游荡。

最终我也没有再见仿佛苏联时代博物馆的科学城。

多少可以抚慰失落的是，其实新西伯利亚的城市，尤其是将近七公里长的红色大道，基本上也完整地保留着苏联时代。

一八九六年，最初的红色大道铺设在鄂毕河东岸——鄂毕河在新西伯利亚城区的流向是自东南向西北，因此东岸确切来说是在鄂毕河的东北——新西伯利亚铁路桥建成后的新尼古拉斯。一百年来，红色大道始终是新西伯利亚的中央大街，大街两侧建造了新西伯利亚几乎所有的重要建筑，俄罗斯帝国时代的东正教堂、苏联时代的政府机关与公寓楼。

中央大街的中央，是列宁广场（Площадь Ленина）。列宁广场在新西伯利亚并不悠久的城市历史中，曾经反复更名。

初建于一九一一年的新市场广场（Новая Базарная Площадь），进入苏联时代的一九二〇年，与红色大道同时定名为红色广场（Красная Площадь）；一九二二年，更名为革命烈士广场（Площадь Жертв Революции）；一九二四年，为纪念死去的列宁同志，更名为弗·伊·列宁广场（В.И.Ленина Площадь）；一九三五年，更名为约·维·斯大林广场（И.В.Сталина Площадь）；一九六一年苏联去斯大林化之后，恢复名称为列宁广场。

列宁广场上的列宁与工农兵雕塑

列宁广场的更名史，基本就是一本苏联近代史——阶级斗争及权力斗争史。

出旅馆，沿着火车站大道，向着背离火车站的方向走到尽头的丁字路口，就是站在古典风格的歌剧院前，迈步向前，风衣飚起的列宁同志。新西伯利亚的弗拉基米尔·伊里奇·列宁同志，建成于列宁同志百年诞辰的一九七〇年，可能是浇铸时期远远晚于批量制造的年代，所以就像乌兰乌德的弗拉基米尔·伊里奇·列宁同志一样，都是极为特别的。

列宁同志不是独行于广场正中，而是在中线左侧，右侧对应的位置，是并列的武装工、兵、农三者雕塑。作为领导同志，列宁有单独的大理石底座，这让他脱离群众，高高在上。于是不论是数量还是高度，左右两侧雕塑都因极不对称而显得很不协调。如果不是因为有着相同的风格——面部写实而身体由大块面的直线条构成——我可能会以为右侧曾经有一尊斯大林同志。

红色大道基本呈南北走向，道路宽阔，宽阔得以至于可以辟出中心三分之一的路面作为花园。

向北走到77号，与皮萨列夫大街（ул. Писарева）相交的十字路口。远没有到尽头，但是街心花园在此戛然而止。也许这意味着前方更加破败——路旁的建筑已经足够破败，距离列宁广场越远越破败，我本想看看苏联时代的模样，然而红色大道未免表演过度。墙皮剥落，荒草蔓地。而地下就是并行的地铁隧道，每有地铁经过，整个世界都在震颤。

折回到列宁广场，再向南行，境况明显好转，红色大道路旁建筑的质量远胜北段。我才意识到，越向南行，越近鄂毕河，因此也越近旧城，建筑年代越早——依然是俄罗斯城市的共性，旧城的气色看起来明显好过新城。后来我搭有轨电车离开红色大道继续游荡，许多苏联时代的城区，有轨电车轨道铺设的路面，依然还只是裸露的泥土。坑洼不平，满是积水。在西伯利亚原野上都未见着的荒凉，却在西伯利亚最大的城市中得见，实在是列宁同志之外的另一种不协调。

向南走到亚历山大·涅夫斯基主教座堂（Собор во имя Александра Невского），红砖的拜占庭式东正教主教座堂，建成于一八九九年，是新西伯利亚最早的石砌建筑物之一。

教堂背倚在红色大道路西，院门开在一道窄巷里。门前聚集着不少乞丐，向出入教堂的信众讨要钱财。有几位鳏寡孤独者，更多的看起来只是酒鬼，无人的时候从路旁的花木丛中摸出半瓶酒，灌上一口，再伸出摇晃的手。

有轨电车

我没有走进教堂去看它闻名的彩色壁画，我只是站在院子里，倚着铸铁围栏，抬头看教堂的金顶，看金顶之上行进中的云。

云自北向南，结阵而去。我焦急地等待着阵列后方的裂隙，等待那裂隙穿过我与太阳之间，让阳光照耀我。我想温暖一些，我想看阳光下的新西伯利亚与鄂毕河，我想知道它们的另一种模样。

还有，可怜的浑身湿透的鸽子，无遮无挡地蜷缩在路旁，似乎已经了无生趣。

落雨的时候，我还可以躲进地铁。

五一公园（Первомайский Сквер）旁的列宁广场地铁站，是西伯利亚最奇幻的一座地铁站。搭上一九八五年的地铁，地下穿越一八九六年的道路，走出一九一一年的地铁站。是的，早于地铁七十四年就已经在那里，隔红色大道与列宁广场相对，五一公园旁的列宁广场地铁站。

如果不是地铁标志，如果不是人们进进出出，我很难发现地铁站就在那栋漂亮的两层的红砖楼里。一九二〇年改为新西伯利亚州地方历史博物馆（Новосибирский Государственный Краеведческий Музей）的红砖楼的东北角，连通地铁站台。许多走下地铁的人站在我的身后，看着窗外无休止的雨。

在进出的两道门之间的窗，就像与我同屋的姑娘的那台小小的电视，透过小小的屏幕，张望着世界。张望着红色大道上的雨，打伞的人们淡然走过，没有伞的人们有些冲进来，站在我的身后躲雨。

仿佛正在上映一部默片的免费电影院，电影里没有情节，只有寂然在风雨中走过的俄国人。

我身边的观众，捧着一串花的老太太，花上满是雨水。

列宁广场地铁站窗外

而更多的雨水，从搭在臂弯的伞尖滴落。

列宁线在鄂毕河西岸的终点站，马克思广场地铁站，雨又片刻停歇。可以出站，但那时候已经不再适合游荡，浓云让黑暗在傍晚前来临，如在夜里。

我以为站在马克思广场——街道环绕的街心广场——正中的一定会是卡尔·马克思，但却并非如此，站在高高的红色大理石基座上的，是亚历山大·波克雷什金（Александр Иванович Покрышки, 1913-1985），伟大的苏联卫国战争中击落纳粹德国五十九架战机的苏联王牌飞行员、苏联第一位得到第三枚金质苏联英雄奖章的战争英雄、苏维埃空战战术之父、出生在新西伯利亚的苏联空军元帅波克雷什金。

他像他的 P-39 型战斗机那样高高在上，我无法看清他面孔，我甚至无法看清用以浇铸他的材质。空中黑色浓云如战火硝烟掠过，我只能看见他的轮廓，还有在他脚下展翅的鹰。

我们都是冰凉的，风那么冷。倒是环绕在广场周围的座椅上，有无畏风雨的年轻的情侣，倚偎在一起。姑娘的怀中也有一捧花，这两天在新西伯利亚街头无数次看见鲜花与情人，似乎是什么传统的求爱的日子。

也许又是普通生活中的一部分。

我没有再搭地铁回去，我找到混乱的公交车站，想当然地跳上一辆7路无轨电车，我只是隐约有印象我曾在来时哪里见过它。大体方向总是正确的，它确是准备过十月大桥而去鄂毕河东岸。

却拥堵在桥头，而就在那会儿，就在鄂毕河西岸，昨天风雨来处，忽然暴雨如注。那么急的雨，仿佛谁兜起了鄂毕河水，倾倒在桥上。如果不是我知道陌生的俄国人本就会寂静地待在一起，我简直以为我们都吓坏了。就在鄂毕河上，却已经不见鄂毕河，车窗外是汹涌流下的雨水，扭曲着夺路流下，急不可待。只能看见堵在桥上对侧的汽车车灯，一点一点的弥散的星光。

电车像是一艘沉入鄂毕河底的船，世界只剩下舷窗外漫漶在一起的颜色。

云的黑色、桥的黑色、河的黑色。

以及一点一点，灯的橘色。

今天晚上，同屋的姑娘比我回来得早，坐在床头橘色的台灯灯光下。

十月大桥上的雨

　　这会儿，她稍稍调大了一点电视的声音，因为正有音乐。俄国的流行乐团，俄语的摇滚节奏。

　　她在新西伯利亚工作，她的英语并不好，我想她的意思可能是说她来自附近不远的另一座小城。租住在旅馆里的一张床铺上，一切都是开放的与人共享的，所以她也没有更多的私人物品，只是衣架上的几件衣服，方桌上的几本书。

　　床下有一只绿色的旅行袋，那里可能放着一些重要的隐秘的私人物品。比如贴身的衣物，她去洗澡之前从里面翻出一件内裤，攥在手里，搭上浴巾，然后蹑脚去浴室，蹑手关门，轻声锁紧。没有吹风机，披着湿漉漉的头发回来，坐在床上。洗过的内衣搭上衣架，挂在床头。又有一枚小小的苹果，看起来有些蔫的小小的红苹果。

盘腿坐着，书就摊开在腿上。看一会儿，咬一口苹果。咬苹果的当儿，瞄一眼电视。直到她调大音量前，卧室里最吵闹的都是我敲击键盘的声音。

我有些内疚，如果不是我住进来，她这两夜一定可以更自在一些。而且，不被我打扰，她也许可以多看进去几页书。那不是俄国人爱看的小说书，又厚又大，一定是为着工作的书。

好在明天，我就要走了。

我能想象她在这里的生活，我也曾经像她这样，在一座陌生的城，一个人独自谋生。

但是那会儿，我好歹租着一间房。

而她却没有一间房，她只有一张床。

17

直到我不得不离开

一九四六年，十二月二十日，星期五。

薄暮到新西伯利亚站。新西伯利亚为一大城，是西伯利亚的首府，又为交通枢纽（铁道通塔什干），故车站规模甚为雄壮。我们的列车停在中间轨道上，其旁即为另一列车，挂车厢甚多，我们绕着走了半天，方才越过它而进了车站。这是五层的大建筑，两端作塔形，则为十层。站内人山人海，或排队而在买票，或竟席地倚行李而坐，似将在站中过夜。我们在站内各大厅走了一遍，到处拥挤不堪……

我看见列车停在中间的轨道上。

我看见他们穿越铁轨，走进车站，路过我的身边。

我跟着他们，售票大厅不再像夜晚那样冷清，许多人在排队买票。但是我改签车窗的窗口，却关着灯闭着门。我再也见不到那个美丽的售票员了。还有我的同屋，美丽的姑娘，她起得很早，悄无声息地赤脚走到卧室外面穿好外套，再回来背上包，提起桌下装垃圾的塑料袋。直到我听见锁舌被控制着缓缓弹回，我才重新睁开眼睛。

我本想和她道别的，可是我不想让她又像昨天清晨那样为吵醒我而向我道歉。

我睡得很浅，梦里继续着新西伯利亚的雨。

火车站里的人并不多，不至于人山人海，更没有人席地而坐。二楼的候车大厅宽敞而疏朗，空着许多座椅。

十几个精力旺盛的蒙古年轻人聚在一起打牌，他们是候车大厅里唯一的噪声来源。他们穿着统一的运动装，上衣绣着蒙古国国旗。应当是某种体育项目的蒙古国家队，不知道是中转新西伯利亚去中亚，还是去往乌兰乌德中转回国。最先看见我走进候车大厅的队员，提醒其他队友注意，我回应他们的注意，大家欢笑着打招呼。即便只是在并不遥远的俄罗斯，我的亚洲人面孔依然让他们觉得亲切，而且他们并没有误会我是蒙古人，他们招呼我的时候说着：契丹。

候车厅向着轨道的一侧，窗下有间杂货小店，穿着有刺绣的连身长裙的女人从店里引出电源。店外铺一张红毯，红毯上支着一架电子琴，坐定，戴上眼镜，看着乐谱，她开始弹奏起来。简单的练习曲，她在等候着先生。看起来年过花甲的先生脱下外套，背带裤的背带被腆起的肚子撑向两侧。打开放在座椅上的琴盒，取出小提琴，再把几盒自刻的音乐光碟放进琴盒，立起一张来，封面上是他自己的照片。

然后，没有任何一句话，他们就演奏起来。

蒙古噪音代表队也立刻收敛，虽然还继续打着牌，但已悄然无声。只是在一曲终了的时候，无法像候车大厅里的俄国人那样矜持地鼓掌，而是难掩天性地大声叫好，像是在听相声。

坐在我身旁的俄罗斯中年男人，穿得未免太少，只有薄薄一件藏青色的工装外套，黑色的单裤，一双显然太大的皮鞋，皮面已经旧得满是剥落的裂纹。与我一路以来遇见的其他俄国人不同，他有强烈的与人沟通的欲望，非常想和我说些什么。但是该死的语言，该死的我们彼此不能说任何对方明了的语言，我们相视着尴尬不安。

后来我们放弃了，静静地听着音乐。他拿着他老旧的手机看时间，却不小心摔在地上，忙不迭地拣起来，心疼得反复检查着外壳有没有损坏。间或腾出手来，为一曲终了而鼓掌。

我完全听不出来他们演奏的是什么以及好与坏，而且我也心不在焉。

坐在新西伯利亚主火车站的候车大厅，我的心却仍在新西伯利亚北方机场（Аэропорт Северный）。

一九四六年十二月二十日，访问苏联的茅盾途经新西伯利亚火车站的那天，"晴。整天好太阳。"

而今天，我看见了那天他看见的一切，除了茅盾本人，除了太阳本人。

昨天新西伯利亚的雨，继续在我昨夜的梦中；而我昨夜梦中的雨，又继续在今天的新西伯利亚。改签在今天下午的车票，让我还有多半天的时间游荡，可是除了继续游荡在有轨电车上，我哪里也去不了。而今天我在有轨电车上，除却避雨，更为着取暖。

上午乍一出门，寒冷迎面一脚踹在我脸上，然后蜂拥而上，围住我群殴。护卫我身体的，从水汀热度十足的旅馆里带出门的暖意，瞬间惨烈身亡。我并不知道我随意跳上的老旧的2路无轨电车将带我去向哪里，无所谓了，开门时我感觉到车厢里的暖气，这便足够了。

暖和起来，查看天气预报才知道，今天，来时的伊尔库茨克，最高气温十八摄氏度；去时的叶卡捷琳堡，最高气温十九摄氏度；终点莫斯科，最高气温二十三摄氏度。而新西伯利亚，最高气温，五摄氏度。

难怪一八九七年，俄罗斯帝国政府要把列宁同志流放在这里。

不知道清晨出门的曾经与我同屋的姑娘，薄薄的一件黑色外套，会不会冷？

电车从加林－米哈伊洛夫斯基广场出发，一路向北，越向北越偏僻，已是城郊。但是我并不打算下车，我抱定去往终点的打算，虽然我并不知道终点在哪里，虽然售票员因为觉察我漫无目的而疑窦丛生地乜斜眼睛看我。不过终点也许即是起点，不像在半途下车要在雨中穿过宽阔的公路，还不知道返程的车站是不是确定就在公路对侧。

我却不知道，给我连续三天冷雨的新西伯利亚，将要在前方补偿我。

几曲结束，先生拿起琴盒中的音乐光碟，安静地在候车大厅里逐排座椅出售他们的作品。没有任何言语的推销，只是安静地拿一盒光碟递出示意，不在任何人面前多加停留。

夫人依然垂首注视着乐谱。

先生手中的全部光碟，不超过十张，看来销售情况并不乐观。不过，我要买一张。

我不能欣赏音乐，我却可以欣赏音乐家。

可是，老先生未免走得太慢了。他在候车大厅遥远的对角，而电子公告板上已经显示037次列车停靠四号月台。我不能再等，我绕过去，手语表达清楚购买的意愿，然后拿出一叠卢布请他按售价自取。

我并不清楚售价，根据我对俄罗斯物价的判断，我想价格可能会在五百卢布左右，但是他只拣起一张一百卢布的纸币。只是一份热狗的价格，这有些出乎我的意料。

更加在我意料之外的，在光碟用复印机复印出的黑白封面上，简单写着："俄罗斯功勋艺术家（Заслуженный Артист России）米哈伊尔·博拉姆（Михаил Блам）"。

难以置信，我本以为他只是普通的街头艺术家，他却是俄罗斯功勋艺术家。

何至若此？

我愿意相信他们只是不愿意离开舞台，借着在火车站的演出消磨时间，而不是以出售音乐光碟谋取生计。

蓝色工装的中年男人要搭乘的列车几乎与037次列车同时停站。他跟随着我绕道，然后示意我在电子公告板下留步，他是想帮助我。我给他看过我的车票，我的本意是想问他去往哪里，但他却误会我是求教如何乘车，于是看清电子公告板上我的车次信息，径直领我走到四号月台入口，这才与我道别，返身去寻他的列车。

我不知该如何道谢，我只是在想，所有这些让我关注的人，他们怎么都穿得这么少，难道不会觉得冷吗？

四号月台，四号车厢。

托木斯克开往莫斯科的037次列车，是我自符拉迪沃斯托克以来，搭乘的第一辆品牌客运列车。

托米奇号（Томич），是自一九六七年起即专属于这趟列车的品牌。

二等卧铺车厢显然更新也更加明亮，一应设施的现代化程度也更高，而且乘务员已经代为更换了全新的床上用品。乘务员着装精致，一丝不苟，不像普通列车的乘务员那般随意。而且似乎随车有俄罗斯铁路的几名检查员，不时会临检车厢卫生状态，乘务员小心翼翼地陪同，不知道面容冷峻的记录员会在条目细密的记录本上写些什么。

两位轮班的乘务员中，有一位是男乘务员。俄罗斯铁路列车中，似乎只有高等级列车才会配置男乘务员——当然也可能是男乘务员的数量极少的缘故——去年搭乘的北京—乌兰巴托—莫斯科国际联运干线铁路列车中，唯一分配由俄罗斯铁路管理的十八号车厢，就有一位男乘务员。也是中年年纪，身材同样挺拔魁梧，看起来也都像是退役军人，极具军人风度，准确地说是军官风度。托米奇号四号车厢的男乘务员，如同高级军事院校毕业的参谋军官，戴着苏联式的异乎寻常宽大的大檐帽，穿着藏青色的毛呢风衣，背手分腿站在月台上，全然不像是服务旅客的乘务员，倒更像是随车沿途视察的俄罗斯铁路高级官员。

相较而言，去年国际列车上的那位男乘务员，也有军官风度，却是在战场上累积战功而得擢升的军官。手与手臂上有刺青，嘴里镶着金牙，嗓音低沉，不时冲着旅客抱怨些什么。感觉不到半点服务人员的谦恭，只有军官的威严，略有些粗鲁的威严，一切指示均如命令，让人不得不服从。

当列车也行驶在新西伯利亚至叶卡捷琳堡区间时，将要停站某地，他依例巡视至车尾，锁闭洗手间，整理擦拭走廊车窗。我的卧铺包间前的车窗有些难以擦去的人手扶按留下的油渍，他后退一步，舌根卷起一口唾沫吐在车窗玻璃上，再做擦拭。

我永远忘不了他，永远忘不了那扇窗。

列车驶出新西伯利亚火车站，郊区小站的月台上，站着等候通勤列车归家的老太太。佝偻着腰，又是怀抱一束花。

白色的花束无法忽略地在眼前闪过之前，我看见了标记着3292公里的里程牌。

我已经走过了西伯利亚铁路的三分之二。

那时候，下铺的俄罗斯女人依然在喝着下午茶。自己带的精致的瓷杯，茶点是一袋巧克力糖豆。

那时候，雨依然没有停歇。

把车票从139次改签成037次，多支付了将近一千卢布的差价，依然没有换来新西伯利亚的一天晴朗。

但是，在换来的今天上午，因为不休的雨，我跳上了2路无轨电车，电车送我去了终点站。

废弃的新西伯利亚北方机场航站楼，赫然在我眼前。

一栋年深日久的水泥砖楼，墙面许多剥落，许多修补。如果不是正面上方镶嵌着后补的现代字体的俄语 Аэропорт（机场）与俄罗斯航空的标志，很难想象那会是一座机场航站楼。

正面八根立柱后的檐廊下，站着五六个学生模样的年轻人。确切说来，不是学生，而是学员。可以说英语的男学员告诉我，机场不再有飞机起落的跑道上，就是他们学习汽车驾驶的场地。因为今天无休止的雨，教练来得晚了。

新西伯利亚北方机场，一九二七年建成的新西伯利亚第一座机场。一九五七年新西伯利亚的新机场托尔马切沃机场（Аэропорт Толмачево）启用之后，北方机场逐渐落寞，直至废弃。

三扇原色的木门，门上有铸铝的把手，开阖都是沉重而吃力的。如果不是因为学员们的熟悉，告诉我尽可以随意参观，我可能又是没有勇气擅入。警卫室里坐着警卫，身后还有工作中的监视器，虽然废弃已久，但依然还是航空公司资产。悄然走过警卫室正向着过道的窗

北方机场航站楼

口，我已经在脸上准备好了讨好的笑容，但是胖胖的年老的警卫只是继续低着头，台灯下的报纸旁，一堆瓜子壳。

当我站在大厅的时候，我知道，这是新西伯利亚给予我的补偿。也许是因为知道我在新西伯利亚的本意只是为寻找一座保留着苏联时代的博物馆，那便不必大费周章，不必远去耗费许多时间也走不完的科学城，而且那里终究是有持续至今的改变，于是它引我来到这里，一座一切停止在六十年前的苏联时代的航站楼。当我站在大厅的那一刹那，我知道，我已经回到了过去。

天井一般的方形大厅，可以看见建筑的穹顶与二楼环绕天井的走廊。正对门有几个售票窗口，紧拉着窗帘。

水磨石地板，有彩色的几何图案，嵌套在正方形中的正圆形中的十六边形中的十六芒星。而穹顶，同样由发散自正中五角星的十六道以示光芒的线条分割。分割出的每瓣之间，各有一扇原本用以采光的圆形天窗，如今却把玻璃涂满黑漆，笃定着废弃并埋葬它于黑暗之中的决心。

大厅两侧，有通达二楼的楼梯。楼梯间与二楼的墙壁都粉刷着诡谲的蓝绿色。除却大厅里一盏光线跳跃不定的日光灯，只有透过二楼北侧窗户的天光。昏暗，而且空无一人，寂静得仿佛时间停滞。二楼是原本的办公区，所有的办公室房门紧锁。菱格的栏杆，黄色人造革的地板，原木红漆的扶手，一切材质与造型都意味着身处上一个世代。

北侧窗外，是并不广阔的旧机场跑道。水泥地面的跑道，像是苍白的海，蓄着无数雨水。角落里，有一座小小的仿佛海滩救生岗一样

北方机场航站楼

的指挥塔台。在上一个世代里，也许塔台与航班的一切信息交流都是面对面地目视耳听。塔台里的调度打开窗，抄起桌上的铁皮喇叭，冲着机场上的某架飞机嚷嚷道：喂，说你呢，就是说你呢，飞吧。听到指令的驾驶员撮上最后一口烟，抛出烟蒂，关上舷窗，一踩油门，就飞走了。

航站楼两翼的裙楼是候机大厅，两层并作一层，高大并且装饰华美，立柱、天顶、吊顶、拱窗以及隐蔽在窗台下的铸铁暖气片，无一不是原封未动的上个世代的遗物。墙面有些斑驳，有些渗透的雨渍，但是透过高大拱窗的足够明亮的天光，却让一切看起来宛然若新，宛若最初时的模样。

于是整个上午，我就坐在窗台上，想象着眼前最初熙熙攘攘的模样。

我看见每一扇门不断开阖，有人走过每一扇窗前，精神着的新生政权的机场工作人员，在楼梯间上上下下，售票窗里的售票员叮叮当当地数着一卢布与半卢布的银币，航站楼前有一辆又一辆的吉姆或者海鸥轿车，开来又走。

如果旅行的时候，我的本身无法游荡，那就构筑一幅画面让我的思想在其中游荡。

直到我不得不离开。

在新西伯利亚旅行三天，雨从我到的时候，下到我不得不离开的时候。

可是鄂毕河铁路桥后不远，已见着西侧天际有一抹浅红的晚霞。郊区小站之后，还能看见仿佛乌兰乌德郊区那样宏大的工业建筑的时候，浓云已经散尽，已经晴朗，车厢里满载阳光。

北方机场航站楼的楼梯间

片刻间我是愤怒的，但是转瞬即已释然。果然是三天晴朗的话，我怎么能见到风雨中的鄂毕河？怎么能去北方机场？除非人们可以沙盘推演自己的人生，否则总是这样。未曾遇见的也许更好，已经遇见的也许最好，谁知道呢？

于是我可以坦然地在晴朗里离开新西伯利亚，坦然地看着窗外的西伯利亚。

与西伯利亚铁路并行的公路，仿佛淹没在无尽的草原之中，公路上的重型货车仿佛逐草而行。天际是明亮的，天际却也有乌云，乌云向天际的明亮处倾泻雨水，明亮完全无力抗衡，不断退却，越发黯淡。

天顶的云，暮色中鱼鳞般的云，每一簇云都仿佛正在冷凝中的铸铁。

铁青色的云，镶着暗红的底边。

四号车厢车首连续三间卧铺敞间，住着一队军校学生。统一的黑色 T 恤背面，印着白色的"谢韦尔斯克青年团"（Северский Кадетский Корпус）字样。

托木斯克西北十五公里托木河（Томь）畔的谢韦尔斯克（Северск），属于俄罗斯非常特别的一种行政区划：封闭行政区（Закрытое Административно–Территориальное Образование，ЗАТО）。苏联时代，将部分军工科研与生产基地划分为专门的保密行政区，不在地图标示，不对社会公开，通信地址为其附近的大城市加邮编序号。建有钚反应堆与后处理厂的谢韦尔斯克，在一九五四年至一九九二年期间，代号为"托木斯克 -7"（Томск–7）。苏联解体之后，俄罗斯联邦陆续解密保密行政区的存在，改之为封闭行政区，即公开承认其存在，可在地图标示，但是对外国人甚至俄罗斯本国公民仍有访问限制。

谢韦尔斯克，即是目前俄罗斯联邦的四十二个封闭行政区之一。因为帕米奇号列车即从托木斯克始发，所以我能得见来自谢韦尔斯克的俄国人，不过我怕是永不得入其地的。

午夜前的最后一站，巴拉宾斯克（Барабинск），十一万七千平方公里的巴拉巴草原（Бараба Низменность）上最大的城市。领队军官带领军校学生刚站上月台，发现他们的警察立刻引领两名宪兵模样的武装士兵过来，检查军官的证件并且仔细登记，看来有非同小可的利害。

学生们则完全是没心没肺的少年不识愁滋味的模样，拿着相机四处乱拍，不过军官却是不苟言笑地一一躲开。他们向月台上出售食物的小贩买了几条熏鱼，然后快乐地回到车厢吃鱼。

巴拉宾斯克火车站有自西伯利亚铁路沿途以来最热闹的月台，许多出售熏鱼的俄罗斯女人，裹着厚厚的冬衣，沿着车厢叫卖，一片嘈杂。这算是保存得极好的西伯利亚铁路的传统，一九四六年十二月十六日，茅盾到达新西伯利亚的前四天：

> 九时后车进一站，停了。时为清晨，站上售食物者甚多，列车上的旅客都纷纷下车去买东西。站上尚有另一列车，则为从伊尔库茨克开往海参崴者。在这里，也和过去各站所见一样，餐车的女侍携筐下车后立即被许多人所包围，而且把她那筐子里的饼干抢买一空。抢买饼干者大半就是在站上售卖食品的农民。我想这些售物的农民是和小贩不同的，他们不过乘这时农闲把他们剩余的农产品来车站出售，他们并不是贩了东西来作此营生的。他们脱手了自己的东西，便买进他们所没有而喜欢的东西——例如饼

干、糖果和香烟等。

——这样的物质匮乏并非只是因为伟大的卫国战争结束后的暂时困难，赫德里克·史密斯在二十世纪七十年代初的西伯利亚铁路见到的情形依然如此：

> 离开莫斯科时，餐车上带足了新鲜苹果、橘子、黄瓜、巧克力糖和其他小甜食。在前面一些车站停车时，当地市民都奔向餐车，从身子探出门窗的工作人员手里购买这些食品。

出售熏鱼的女人，看来也都是火车站附近的居民，年长年幼的，有的女人还牵着自己的孩子。不过，一切物资紧缺的苏联时代终于过去，她们现在是不用再去抢购列车车厢里出售的饼干糖果，从容了许多，沿着各节车厢走一趟，没有人买，也便不再吆喝，各自散去。

出人意料的是，有许多年轻女人尾随她们而至。来自高加索的年轻女人，身裹黑袍，怀抱着作为道具的孩子，逐个包围站在月台上的旅客，嚷嚷着伸手乞讨。同车厢一位俄罗斯老太太，手里正有两包在月台上的售货亭新买的饼干，她可能是觉得一位围上来的年轻女人怀中的孩子冻得可怜，想分给她一包饼干。孩子没有伸手，女人也没有接过饼干，她们并不需要饼干糖果，她们只是不住地嚷嚷着索要钱财。我对面的下铺，一位胖胖的和善地保持着微笑的俄罗斯男人，正站在我身旁抽烟。看见她们蜂拥而至，忙不迭掐灭烟蒂，一边准备回到车厢，一边提醒我要注意随身的财物。

我远远地躲开。

巴拉巴草原的午夜，实在是很冷，我躲在月台深处，止不住地寒颤。

中午回到旅馆，等着亚历克斯过来取钥匙。没想到同屋的姑娘也在中午回到旅馆，看来她选择租住在这里也是因为与工作的地方相距不远。裹在她身上的寒风尾随着闯进门来，肩上满是雨水。大兵们昨天已经开拔，只有我的背包扔在空荡荡的客厅里，她知道我也将要离开。

她指指我的外套，然后微笑着抱住自己的身体哆嗦起来，她是想告诉我，多穿一些，外面太冷了。

但是那一瞬间，我以为我们可以在告别前拥抱。

18

是的，西伯利亚海

在微有光芒的凌晨，帕米奇号航行在西伯利亚海。

是的，西伯利亚海。

在原本的西西伯利亚草原之上，有一层匍匐在草原上的浓厚的雾，如海水般，如海水般在白桦林间细密地流淌，没有草原，只有无尽的白色的海洋。

在远处的天际，在天际的海平面上，暗红色的朝霞浸上云层。然后绛红，然后绯红，然后是模糊的、暧昧的有些许淡红的乌云。而那些笃定的乌云，则汹涌而去，直到列车前行的天际。

这一夜，列车再从晴朗的西伯利亚，走回阴郁的西伯利亚。在某处铁路道口，在空无一人的苍白的公路道口，立在路旁的两根白桦木杆上，点着两盏苍白的灯；在某处不知名的火车站，在清晨微弱的光芒中，废弃的铁轨上泊满废弃的列车，锈红色的弃车之间，暗绿色的野草已经攀上车门，远处是积水的赭石色的土路，以及背景天空中无尽的浓黑的云。

那时还不到当地时间的凌晨六时，车厢中只有我独自醒来。独自站在车厢尾部上下列车的隔间，只有单调的车轮与铁轨撞击的噪音，

扎沃多乌科夫斯克火车站

阒寂无声。

西伯利亚的海风从缝隙中灌进来，却已经不再像午夜的巴拉巴草原那样寒冷。

扎沃多乌科夫斯克（Заводоуковск），是帕米奇号泊岸的，西伯利亚海上第一座孤寂的岛。

黯淡的岛上，弥漫着海雾。

是扎沃多乌科夫斯卡娅火车站（Заводоуковская），不大的水泥月台上，一摊雨水，一栋红砖的候车楼，十扇褐色的窗，四张木色的长椅，两根白色的门柱上，一个蓝色的信箱。

扎沃多乌科夫斯克在秋明州（Тюменская Область）西南，已经离境新西伯利亚州。而离境新西伯利亚州，也即意味着走出西伯利亚联邦管区（Сибирский Федеральный Округ），进入乌拉尔联邦管区。

到达乌拉尔山脉（Уральские Горы，Урал）东麓的叶卡捷琳堡之前的旅程，是在西西伯利亚平原的最后一段旅程，也是全部西伯利亚的最后一段旅程。

如果我是回返的流放犯，可以告别西伯利亚我将无比喜悦。可我却是迷恋西伯利亚的旅客，即将告别西伯利亚，心里空荡荡地感觉慌张。

后来天晴了，雾散了，一切平淡起来。枯黄的原野失却了雾的遮掩，同样神色慌张。

距离不远，是秋明州首府秋明，西伯利亚所有城市中最古老的秋明。秋明地区曾经是鞑靼人的西伯利亚汗国（Сибирское Ханство）领地。一五八五年，哥萨克首领叶尔马克·齐莫菲叶维奇（Ермак Тимофеевич，约1532或1542-1585）率领八百名哥萨克夺取其地。一年后，俄罗斯皇帝费奥多尔一世·伊万诺维奇（Фёдор I Иоаннович）命令在原来的鞑靼城镇成吉－图拉（Чинги-Тура，意为成吉思汗的城）建立要塞，秋明建城源起于此。其后，秋明城随着移民的不断到来而壮大，俄国人以秋明为据点东扩，直至完全征服广袤的西伯利亚。

秋明向莫斯科方向，令人慌张的，还有难以选择的西伯利亚铁路线路。

最初通行的西伯利亚铁路历史路线，向莫斯科方向停站的主要城市，依次为：符拉迪沃斯托克—克拉斯诺亚尔斯克—新西伯利亚—鄂木斯克—彼得罗巴甫洛夫斯克（Петропавловск）—库尔干（Курган）—车里雅宾斯克—米阿斯（Миасс）—乌法（Уфа）—萨马拉（Самара）—鲁扎耶夫卡（Рузаевка）—梁赞（Рязань）—莫斯科。

而如今西伯利亚铁路的新线则是：符拉迪沃斯托克—克拉斯诺亚尔斯克—新西伯利亚—鄂木斯克—秋明—叶卡捷琳堡—彼尔姆—基洛夫—下诺夫哥罗德—莫斯科。

比照而知，新旧两线，分歧点即是昨夜途经的鄂木斯克。历史路线由鄂木斯克向西至彼得罗巴甫洛夫斯克，经库尔干到达西伯利亚铁路修筑时的新旧路段节点车里雅宾斯克；新线则向西北至秋明，再向西到达在车里雅宾斯克正北二百公里左右的叶卡捷琳堡。然后向西，南北并行而抵莫斯科。

线路图上看似只有几座城市的不同，而事实上不同的又何止十站百站，百里千里。我用去很多时间准备西伯利亚铁路旅行，我用去很多时间旅行在西伯利亚铁路，一次又一次。我看到了西伯利亚铁路的许多点与线，可是就像在即时战略游戏中展示的那样，开拓出的点与线又会让周围原本混沌未知的黑色化为新的细节繁复的地图。如此往复，永无止境。

我的慌张大约就是因为我知道，旅行与探索永无止境，我们却终有结束。

俄罗斯太大，世界太大，慌张得像是溺水在西伯利亚海中，你知道你绝无希望。

秋明之后，车厢空了一半。

票价昂贵的高等级列车，没有自带烤馕的中亚人，旅客的社会地位与经济条件显然更好。对面下铺，昨夜提醒我注意财物的胖胖的男人，和我下铺的他的旅伴，目的地是彼尔姆。他可以说一些英语，而且去过北京，他告诉我他见过的北京，描述中充满溢美之词，以至于我不得不提起雾霾以示谦虚。我打开笔记本电脑，给他看我去年路过彼尔姆时拍摄的彼尔姆火车站的照片——如果离开叶卡捷琳堡时依然搭乘夜车以节省住宿费用与时间，那么今年途经彼尔姆的时间将在午夜以后，我不能再见卡马河（Кама）畔的彼尔姆。

去年停站彼尔姆时是在傍晚，忽然落起了细雨。火车站月台与火车站外的广场无蔽无挡地相连，广场上站满成百上千统一着装的学生们，可能是要搭乘列车前往哪里参加什么盛大的集会。

短暂的停站，对于那座浓郁苏联风格的重工业城市只有匆匆一瞥，细雨忽然转成了暴雨。铁路工人躲在屋檐下，身边通向楼顶的排水管，瞬间水流如注。出彼尔姆火车站不远，就是卡马河，伏尔加河最长的支流，淡淡流向远方。彼尔姆火车站的雨，只是彼尔姆火车站的雨。除却火车站，四周一片晴朗。也许正是彼尔姆火车站的雨，才让我一直对彼尔姆印象深刻。

即便你不再记得当你乘坐西伯利亚铁路时经过哪些车站，但你一定会记着在某座城市的车站，忽然下起了雨。

于是在卡马河畔，雨霁天晴。一道彩虹，摇曳在卡马河左岸。

这已是我在西伯利亚铁路旅途中看见的第四道彩虹，可却是第一道倒映在水中的彩虹，卡马河中的彩虹。

我没有也无法拍到车窗外因为卡马河铁桥桥架的遮挡而忽隐忽现的彩虹，我只能向胖胖的男人讲述那道彩虹，讲述它们出现时给予我的感动。他静静地听着，微笑着不住点头表示理解。或者只是表示礼貌，也许他根本没有听懂我在说些什么，谁知道呢，很多时候我只是以为我在说英语罢了。

对面18号上铺的白发老人，他是全俄罗斯唯一没有在红茶里加糖的俄罗斯人。

他吃得精致而节制，也许正是因为如此，他才像英雄那般顽强地生活在俄罗斯而没有发胖。

开始每一餐前，他会先铺两张印花的餐巾纸在桌面上。是我见过的最漂亮的餐巾纸，由浅绿而至深绿的叶片，由浅红而至深红的玫瑰，玫瑰间还点缀着几簇由浅蓝而至淡蓝的野花，漂亮得像是哪位美丽的俄罗斯姑娘的私房。

折起一张餐巾纸，略有些厚度，可以在上面切一根成色非常好的香肠。三片香肠，切面上漂亮的肉红色中只略有些细碎的白色的油脂。在一盒土豆泥中加入适量开水，闭紧盒盖，然后放一片切片的黑面包在餐巾纸上。黄油是圆形扁盒精装的，每块扇形的黄油还有单独的锡纸包装，用小指指甲挑开锡纸，剥出黄油码在黑面包上，再用餐刀均匀抹平。拿起切片的香肠，牙齿轻轻咬断肠衣，捏紧一端，旋转切片揭去全部肠衣。一口黑面包，一口香肠，一口土豆泥。

只此一片面包，正餐结束。

拿出自带的茶杯与茶包，泡一杯红茶，没有加糖。

真的没有加糖。

我确定。

但是也有餐后甜点，一盒黑巧克力与一袋夹心饼干，不过依然是节制的，每样只取一块。

最后，收拾干净桌面，摆一本填字游戏的杂志，戴上眼镜，恢复成为所有不论胖瘦的俄国人的模样。

西西伯利亚的边缘地带，比起西伯利亚腹地，失却了壮阔与苍茫，风景平淡得几近敷衍。

空旷的车厢里，也没有什么有趣的旅客。旁边45号边铺下铺气度

18 号铺的旅客

优雅的女人，午餐是大号饭盒中的一只身材魁梧的鸡，这样的事情我已经习以为常。谢韦尔斯克青年团的军官诚然有趣，但是我又没有必死的决心去招惹一位俄国军官。他在铺位上不断地向军校学生们传授用刀的技法，他带着一把锋利的战术刀，可以在手上漂亮地翻转之后，准确地扎进毛毯上预先设定的目标。

最让我感兴趣的是他的白色 T 恤，胸前背后，印着硕大的汉字：少林寺。这足以证明他的刀法得自少林真传，说不定还研修过易筋经，打穿过十八铜人阵什么的。可是每次走来过去，全部弟子摇头晃脑地尾随身后，又完全没有江湖正派的风度，却更像是准备去打群架的一帮小流氓。

他们也是情非得已。俄罗斯铁路列车全列任何空间均严禁吸烟，包括我总站在那里看风景的车尾上下列车的隔间——在中国的铁路列车上那里一般辟为吸烟室。军官嗜烟，年轻的学生们正在天生学坏的年纪，于是只好躲在车厢连接间抽烟，那里通透，烟味可以迅速散尽，不留罪证不会被乘务员责骂——乘务员也是好大的胆，可能是退休改行的前任方丈，我以为。

去年这段至叶卡捷琳堡的旅程，已经是在列车上的第三天，小阿廖沙已经和我彻底熟悉起来，正闹得不亦乐乎。那时候，车首的某间包间里，住着一家俄罗斯人：一对夫妻与他们的父母和孩子。男人似乎也叫阿廖沙，他是除我之外另一位愿意配合小阿廖沙打闹的旅客。玩疯的时候，小阿廖沙往复着从车首杀到车尾，仿佛蒙古铁骑攻城略地。

大阿廖沙的孩子，还是个洋娃娃，精致的五官起初让我以为又是个美丽的俄罗斯姑娘，直到我看见他在更换纸尿裤的空隙，上下一起摇晃着在车厢里走。小小阿廖沙——如果亚历克斯是俄罗斯人名中的小明，阿廖沙就是小刚——还走不稳，需要父母牵着一只手，立起一颗鸡蛋般困难地摇来晃去。小小阿廖沙胃口极好，空着的一只手，总是拿着各种他喜爱的食物：梳子、口红、塑料袋，一边啃着一边摇晃着走，口水淋漓。有一次，也许是出门时忘记带食物，走到半路上忽然想起了吃，于是一口啃在了车厢走廊里的皮座椅上。咬得很结实，牵着他的大阿廖沙，拔都拔不走。

小阿廖沙在车厢里东杀西伐，唯独害怕小小阿廖沙。也许是小小阿廖沙见着体型相差最小的小阿廖沙倍感亲切，所以每当看见他时，除却像见着久违的情人般惊声尖叫，更是激发出无穷的好胃口，张开只有四枚乳牙的血盆大口，欢笑着扑咬过去。小阿廖沙望风而逃。

我最喜欢的一张他们的合影，就是在叶卡捷琳堡火车站的月台上。

叶卡捷琳堡火车站月台上的小阿廖沙与小小阿廖沙

再次踏足原地，忽然又会想念他们。

  我的旅馆地址，就在叶卡捷琳堡火车站外铺设着有轨电车轨道的切柳斯金采夫大街（ ул. Челюскинцев ）。我却不敢随意搭乘有轨电车，我既不知道旅馆附近是否有车站，在电车上也无法看清街边的门牌。我决定徒步而去，却没有想到那么遥远。叶卡捷琳堡的切柳斯金采夫大街，就是新西伯利亚的火车站大道，两侧有许多漫长的公寓楼，一栋甚至关联的几栋公寓楼却共享一个门牌号码，一路向西南，直走到我累得谁也不再想念，才在临街一栋公寓楼背面的院落里找到旅馆。

  已经傍晚，我实在很想就此睡去，每天不是在动荡的列车中，就是在一座又一座陌生的城市无休无止地走上十个小时，我已经感觉到无法缓解的疲惫。但是我却必须回到火车站去买开往莫斯科的列车车票。这已经不仅仅只是因为我抢购车票的冲动，而是在有网络的旅馆里检索车次时，才发现确实越近莫斯科，车票越紧张。

叶卡捷琳堡客运站（Екатеринбург–Пассажирский）始建于一九一四年，其后反复扩建，规模之大即便是新西伯利亚火车站也相差甚远。有分别出售近郊与长途列车车票的售票厅，售票厅又与候车厅交错布局，难得我在二楼找到正确的售票厅。那会儿，向着站前广场一侧的窗外，天空正美艳。雨后初晴，负责落雨的云正散去，负责什么也不干的云正聚拢。售票厅里忽而暗若入夜，忽而明如午后。

我单纯地以为我稍后就可以拿着买到的车票站在美丽的叶卡捷琳堡街头，然而我却越来越深刻地意识到我的想法有多么的天真。

长途车票售票大厅里，虽然十四个售票窗口只有六个正在售票，可是每个窗口前的队伍并不长，每队十个人左右，仅此而已。这是我第一次在俄罗斯排队购票，半个小时过去，窗外空中真的什么也没有了，我却依然原地未动。

俄罗斯铁路系统的繁杂程度，我已经屡有提及。购买车票的俄国旅客，大多没有事前查询车次，只是简单告诉售票员出发地与目的地，于是，这便有了像俄罗斯国土一般广袤的选项。然后彼此商讨，反复拣选：确定车次、确定车厢等级、确定铺位、确定票价。

俄国没有电子芯片的身份证，一应需要证明身份的场合，均以护照代替。确定要购买的车票之后，售票员需要手工将乘车人身份输入售票系统：旅客护照号码与姓名——全世界人都知道俄国人的名字有多么漫长，墨笔写完最后一个字母，第一个字母已经褪色了。

终于，排在最前面的旅客拿到车票，售票员却起身径直离开。就像在符拉迪沃斯托克火车站看到的那样，窗口旁张贴有本窗口每间隔两小时休息十五分钟的时间表。但是俄国售票员显然乐得早走片刻，晚归片刻，于是这段等候时间大多会成为二十分钟左右。排在后面的俄国旅客，习以为常，完全不会因为还有两分钟才到休息时间而与售票员争执，只是安静地向前一步，倚在窗台休息。

休息结束的时间也过了，售票员还没有回来，一分钟、两分钟、三分钟……

我觉得我可能永远也买不到去往莫斯科的列车车票了。

上午在秋明火车站，停站时在月台上游荡，险些错过我的帕米奇号。

秋明是西伯利亚最古老的城市，秋明火车站却有沿途建造年代最晚的新候车楼。一八八五年随着西伯利亚铁路同时修筑的秋明火车站旧候车楼，想来已经葬身新候车楼下。不过在车尾的方向，距离新候车楼还有一段距离的地方，有一栋与旧候车楼同时代的两层砖楼，也许是曾经的行李房。

四号车厢在车首，秋明火车站内又在翻新施工，路途远而难行，走到那栋涂刷成粉红色的两层砖石建筑身前，已经难见帕米奇号车尾。我本以为那就是旧候车楼，否则也不会大费周折，可是近处才注意到建筑没有朝向轨道出入的门。

建筑上镶嵌着纪念铭牌，关于铁路工程师、将军与革命领袖的，却没有关于建筑本身的。

帕米奇号在秋明火车站停站二十分钟，然而我走到建筑前并且抄录铭牌上的文字用去了太多时间，飞奔回四号车厢时，月台已经空无一人，乘务员也已经站回车厢门前，我险些流落在秋明火车站。

险些像普拉东（Платону）那样，流落在扎斯吐宾斯克火车站（Заступинск）。

秋明火车站

　　现实不是电影，《两个人的车站》（*Вокзал для двоих*）里，普拉东在车站餐厅遇到了漂亮的维拉（Bepa），遇到了爱情。

　　而一句俄语不能说的我除了遇到不幸之外，什么也不会遇到。

　　百无聊赖地等在售票大厅里，我忽然想起来，以前看电影的时候，曾经期待着自己也有一天能游荡在某座火车站——有维拉并且能彼此相爱的火车站。但是真的当这一切险些发生的时候，我回想起来却只有后怕。

　　现实与理想的距离，大约就像我与隔着十个人的俄罗斯铁路售票窗口那么遥远。

　　理想中的电影里，普拉东对坐在窗口里的年轻的女售票员说：

　　"您如果能告诉我一个幸福的车站名称，那我就买一张车票去那儿度过一生。"

19

十五度

旅馆楼下的院子，在通往院门的小径两旁，白桦树下是孩子们玩耍的游乐园。清晨，陪伴着孩子们满地丢弃着的玩具的，只有坐在长椅上宿醉未醒的酒鬼。

环形修筑的公寓楼，门牌是在切柳斯金采夫大街，院门却开在切柳斯金采夫大街路旁的窄巷。窄巷名字是革命的红色（Красный Пер.），可是满巷都是昨夜的放纵，垃圾桶里的酒瓶漫在路旁，烟蒂遍地。

向红巷深处，走过迪纳摩（Динамо）地铁站，左转穿过科斯莫斯（Космос）电影院外的草坪，恢宏的滴血大教堂（Храм-на-Крови），就在托尔马乔夫大街（ул. Толмачёва）街边一片高台上。

清晨的阳光，还没有越过教堂的金顶，底层大厅门外转上二层的台阶旁，尼古拉二世与他的家人，冷得像是阴郁的西伯利亚。

那片高台上，曾经是一栋装饰奢华的两层白色砖石楼房，革命前属于叶卡捷琳堡的富商尼古拉·伊帕季耶夫（Николай Николаевич Ипатьев，1869-1938），所以人们习惯称之为伊帕季耶夫住宅（Дом Ипатьева）。

一九一七年，俄国的多事之秋，连续的两场革命，彻底改变了这个国家以及世界的命运，而且那么地深远。

第一次世界大战，俄罗斯帝国加入协约国阵营，战事惨烈，重创俄国经济。三月八日，当时俄国使用的旧历儒略历（Julian Calendar）的二月二十三日，彼得格勒——圣彼得堡在一九一四年至一九二四年期间的名字——再次爆发革命。二月革命之后，皇帝尼古拉二世被迫逊位，俄罗斯帝国灭亡。

逊位后的尼古拉二世与其皇族本欲前往英国避难——皇后的母亲是英国维多利亚女王（Queen Victoria）的次女——但是出于种种原因，当时在位的英国国王乔治五世（George V）拒绝接受避难申请。于是，二月革命领袖，革命后的临时政府总理亚历山大·克伦斯基（Александр Фёдорович Керенский，1881-1970）将尼古拉二世家族临时安置在遥远的西伯利亚的托博尔斯克（Тобольск）。托博尔斯克今属秋明州，在州府秋明东北二百五十公里左右，高寒之地。

临时政府的资本主义属性遭到列宁同志与托洛茨基同志（Лев Давидович Троцкий，1879-1940）强烈反对，加之继续参与协约国作战，导致因厌战而背弃俄罗斯帝国的军人再度哗变。十一月七日，儒略历十月二十五日，十月革命爆发，布尔什维克成功推翻克伦斯基的临时政府。

布尔什维克逮捕了尼古拉二世及其家人，并且将其从托博尔斯克押解至叶卡捷琳堡。

那一天，是一九一八年四月三十日，星期二。尼古拉·罗曼诺夫（Николай Александрович Романов）——逊位后的尼古拉二世在他的日记中写道：

又是一个晴朗温暖的日子。八点四十分我们抵达叶卡捷琳堡。火车在一个车站停了大约三个小时。当地人与我们的委员之间发生了激烈的摩擦。后来，前者占了上风，我们的火车又开到一个货车站。在等了一个半小时后，我们下了火车。雅克夫列夫将我们交给这里的地区委员，我们三个人乘坐一辆汽车，穿过荒凉的街道，前往已为我们准备好的住宅——伊帕季耶夫住宅。

尼古拉二世并不想来叶卡捷琳堡，押解他而来的卫兵帕维尔·马特维耶夫（Павел Матвеевич Матвеев）曾经回忆道：

他突然问我：
——请问，我们将留在叶卡捷琳堡的问题是否最后决定了？
他得到我肯定的回答之后说：
——我去哪里都可以，就是不去乌拉尔。
我指出，去哪里反正都一样，现在俄国到处都是苏维埃。他回答我说，他无论如何不想留在乌拉尔，因为根据地方报纸的消息判断，乌拉尔工人反对他的情绪最为强烈。

尼古拉二世是否问过这个问题，没有其他佐证，严谨的历史学家会保留谨慎的怀疑态度。但是，乌拉尔的布尔什维克素以他们激进的左翼主义闻名，众所周知，他们喜欢采取自治行动，社会和政治上的极端手法和暴力行为。

城市池塘

而作为乌拉尔之都（Столица Урала）的叶卡捷琳堡，自然会令尼古拉二世感觉恐惧。

伊塞特河（Исеть）畔的叶卡捷琳堡，建城于一七二三年，以俄罗斯帝国女皇叶卡捷琳娜一世·阿列克谢耶芙娜（Екатерина I Алексеевна，1684-1727）为名。城市的两位规划与设计者——瓦西里·塔季谢夫（Василий Никитич Татищев，1686-1750）和维利姆·德·盖宁（Вилим Иванович Де Геннин，1676-1750）的雕塑，就在列宁大道（Ленина Проспект）路南，伊塞特河左岸的水塔旁。

列宁大道路北的伊塞特河，河面宽阔如同湖泊。地图上只标注着：城市池塘（Городской Пруд），看似简单，却是两位设计者的人工规划，由始至终与城市共存。也如设计者所期望的那样，城市池塘周边始终是叶卡捷琳堡市民最钟爱的城市公园。

我走到的时候还早，在池畔的长椅上奢侈地坐了一个又一个小时，看行人往来，看蛮横的鸽子阻路乞食。我已经学会像俄国人那样，早晨出门的时候，带上昨晚吃剩的面包。然后在途经的哪座公园，哪处街角，不用看见鸽子已经在那里，只是拿出面包揉碎，鸽子已经闻讯而来。在城市上空的每个角落，都有负责窥伺的哨鸽，一只鸽子飞过来，就会有十只百只，直至一群鸽子围过来吃得只剩下你自己。我在池畔的长椅上抛洒面包屑，好吃的有奶香的白面包屑。鸽子从四面八方扑来，鸽羽不断掠过我的面颊。作为生活的一部分，俄国人洒下面包屑匆匆离开，我却想当然地以为应当把面包屑捧在手心看鸽子们优雅地飞起来美丽地啄食。是的，它们都飞了起来，却没有半点优雅与美丽，恶狗一样全部扑在我的身上，踢得我满脸脚印。

后来，行人渐渐多了起来，热闹起来。池畔有拍摄婚礼照片的盛装的新娘，还有同样盛装的伴娘与鲜花，相随而至的快捷酒水车里，有咖啡和香槟，如果不是有不合时宜的新郎与伴郎，我一定不会吝惜我的每一张胶片。

叶卡捷琳堡，是一座会让人想当然的城市，对于我而言，我想当然地以为这是一座优雅的城市，这座城市翻译成汉字的名字，有太多温婉的字眼。可是，谁又能想到这里曾经是以激进的左翼主义闻名的红色乌拉尔之都？

一九二四年至苏联解体之前，为纪念列宁同志的亲密战友雅科夫·斯维尔德洛夫（Яков Михайлович Свердлов，1885-1919），叶卡捷琳堡改名为斯维尔德洛夫斯克。一九一七年担任苏维埃全俄中央执行委员会主席的斯维尔德洛夫以曾推行并实践"红色恐怖"而著名，因此斯维尔德洛夫斯克也许才是更加符合乌拉尔之都气质的名字。

叶卡捷琳堡太过阴柔。

列宁同志，左手扒开风衣右手擎天的列宁同志，就在城市池塘西侧路口，与宫殿般壮阔的斯大林式建筑的叶卡捷琳堡市政府大楼（Администрация Города Екатеринбурга）隔列宁大道相对而立。

城市池塘是叶卡捷琳堡的城市中心，列宁雕塑是斯维尔德洛夫斯克的城市中心。

斯维尔德洛夫斯克向我展示了红色乌拉尔之都持续至今的革命传统，我第一次在俄罗斯的公开场合看见有组织的苏联共产党的支持者的集会。青铜列宁的白色大理石底座上，插着苏联国旗，红底白字的组织者政党名称难以忽略地醒目：俄罗斯共产工人党（Российская Коммунистическая Рабочая Партия）。二〇〇一年在圣彼得堡注册成立的共产主义激进左翼政党，二〇一〇年与其他相同属性的政党

列宁雕塑与市政府大楼

联合注册新党：俄罗斯联合劳工阵线（Российский Объединённый Трудовой Фронт），集会者来自其"斯维尔德洛夫斯克地区党支部"（Свердловское Региональное Отделение，РОТ ФРОНТ）。

　　俄罗斯联合劳工阵线，在全俄罗斯将近一亿五千万人口中拥有不到五万名党员，在国家杜马四百五十个议席中，没有一席之地——我在观赏他们的政党资料的时候，忽然觉得这个成语原来有此深意——这样尴尬的地位，显然让他们的集会全无响应，没有围观者，虽然一位中年妇女站在底座台阶上拿着麦克风声嘶力竭地面向附近的公交车站不停歇地讲演，但是人们显然只是在看着公共汽车车来的方向。

　　人行道上，散发政党报纸与宣传品的党员，全部是看起来境况不佳的老人。衣衫还算得体，但大多已经油腻不堪。底座台阶上展示着一些苏联时代的出版物与宣传品，大概是属于坐在旁边的一位白色夹

列宁雕塑下的集会

克衫的老人，戴着玳瑁镜框的眼镜，白发平滑地梳向脑后，胸前挂着革命领袖的肖像，手里拿着一本斯大林封面的图书。他很爱惜自己的收藏品，所有资料外面都仔细地包覆着塑料袋。年深日久，塑料袋已经黯淡得不再透明，就像他的面容，淡漠地看着我，甚至不反对我距离极近地拍摄。

我不能很准确地区分，究竟他们是在收藏与追忆过去的意识形态与政治理念，还只是在收藏与追忆自己过去的青春？

他的头顶，底座高台上，几个穿着兜帽套头衫的孩子，嘻笑着向我比画手势，跨坐在高台栏杆上向我叫喊些什么。走过来一个胖胖的戴眼镜的年轻人，忽然冲向演讲的女人，大声地斥责她，手指着近旁的斯大林肖像驳斥些什么。女人在反驳，但是年轻人太过激动，她也许是害怕激发矛盾，不再说话，麦克风垂在手里，踮脚回望始终张望车来方向的列宁同志。

公交车站前方，停着一辆警车，是专程为此集会而来的警车，抱手站在车外执勤的警察，眼见事态也许恶化，这才不紧不慢地走过来，分开年轻人，劝慰他离开。然后，既然已经不能再保持无视的态度，只好把警务按部就班地进行下去，开始登记每个集会者的身份信息。

不过，没有阻止他们继续集会。

我躲在高台上，我是害怕俄国警察的，我害怕俄国警察认为我别有用心。

兜帽衫的孩子们也害怕警察，藏身在栏杆之后。他们的身前，列宁同志的脚下，摆着两瓶伏特加，显然他们都还不到合法饮酒的年纪。

集会者中的另一位白发老人，悄悄走过来坐在我的身边。沉默片刻，送给我一份他们政党发行的报纸:《秋明劳动报》(*Трудовая Тюмень*)。他知道我看不懂，他只是把报纸折起来，指着刊名下的政

列宁雕塑下的集会者

党网址，示意我抄写下来。

由始至终，没有说一句话。

然后起身，拆下绑着苏联国旗的绳子，准备散场。

彼此收拾起自己的意识形态与政治理念，或者青春岁月，散了。

一九一八年五月二十三日，星期四。那一天，在叶卡捷琳堡的尼古拉二世高兴极了：

> 在上午的一个小时里，他们一点一点地告诉我们，孩子们还有几个小时就到叶卡捷琳堡了，他们已到达火车站了，最后他们终于来到了住宅里，尽管孩子们乘坐的火车

早晨两点就到了！经过四个星期的分离和担忧又能见到他们，拥抱他们，简直令人欣喜若狂！

那一天到达叶卡捷琳堡的尼古拉二世的孩子们，是他二十三岁的大女儿奥莉加·罗曼诺娃（Ольга Николаевна Романова）、二十一岁的二女儿塔吉亚娜·罗曼诺娃（Татьяна Николаевна Романова）、十七岁的四女儿阿娜斯塔西娅·罗曼诺娃（Анастасия Николаевна Романова）以及十四岁的罹患血友病的幼子阿列克谢·罗曼诺夫（Алексей Николаевич Романов）。加上之前与尼古拉二世同时到达的四十六岁的皇后亚历山德拉·费奥多罗芙娜（Александра Фёдоровна）与十九岁的三女儿玛丽亚·罗曼诺娃（Мария Николаевна Романова），尼古拉二世与他的家人都住进了伊帕季耶夫住宅。

又在一起了。

伊帕季耶夫住宅早已不在那里了。

一九七五年，时任克格勃主席的尤里·安德罗波夫（Юрий Владимирович Андропов，1914-1984）担心西方利用伊帕季耶夫住宅进行反苏宣传，向苏共中央提交报告，建议责成斯维尔德洛夫斯克州党委以城市改建为由将其拆除，苏共中央随即予以批准。然而时任斯维尔德洛夫斯克州党委第一书记的雅科夫·里亚博夫（Яков Петрович Рябов，1928- ）却未予立即执行，事情延宕两年之后，新任州党委第一书记的鲍里斯·叶利钦（Борис Николаевич Ельцин，1931-2007），决定履行上级指示。一九七七年九月，伊帕季耶夫住宅永远消失在那片高台上。

夷为平地的高台，依然被当作朝圣之地，人们在暗夜悄悄潜入，

滴血大教堂前的尼古拉二世与家人照片，前排：幼子阿列克谢、三女玛丽亚，后排：长女奥莉加、尼古拉二世、四女阿娜斯塔西娅、亚历山德拉·费奥罗芙娜皇后、次女塔吉亚娜。

在空地上留下纪念物，以哀悼逝者。

后来，叶利钦在其回忆录中又对拆除伊帕季耶夫住宅的行为进行了斥责。政治家的反复，不过是谋取权力的道路上微不足道的小插曲。无论如何，叶利钦最终用其谋得的权力埋葬了苏联。纪念与祈祷无须再候暗夜，高台上虽然不再有伊帕季耶夫住宅，但是高台上却有为纪念尼古拉二世而建造的滴血大教堂。

如同尼古拉二世与叶卡捷琳堡，叶利钦与叶卡捷琳堡之间也有着莫大的渊源。他出生在斯维尔德洛夫斯克州，在斯维尔德洛夫斯克参加工作，在斯维尔德洛夫斯克加入苏联共产党，直至成为斯维尔德洛夫斯克州党委第一书记，进入苏共权力高层。二〇一一年，叶卡捷琳堡特别为叶利钦八十周年诞辰而建有他的纪念碑。可是，我却怎么也找不到。

在列宁雕塑下偷偷摸摸酗酒抽烟的孩子们，甚至不知道叶利钦是何许人也。直到我指着列宁同志，他们才恍然大悟我在寻找另一座雕塑，于是告诉我在火车站。幸好我两次往返火车站，知道站前广场上的那尊雕塑并非首任总统，否则还要浪费更多时间。

我沿着列宁大道继续向西，向每一位看起来可以说英语的俄国人打听，依然没有人知道。在瓦伊涅拉大街（ул. Вайнера）街口，我决定向北而非向南走进叶卡捷琳堡著名的步行街，我以为新建的雕塑总不至于在旧城之中。

幸好如此，遇着一位不但英语说得漂亮而且女朋友更漂亮的年轻俄罗斯人，他们隐约有印象就在附近，但是并不能确定在哪里。不过感谢他们的友善，两人分头帮助我向其他过路的行人打听。毕竟他们彼此用俄语沟通，全无障碍，片刻已经问到准确位置，而且愿意带我同去。

事实上，我不应当在电子地图上检索各种拼写的叶利钦雕塑，我应当检索与打听的是鲍里斯·叶利钦大街（ул. Бориса Ельцина）。黑色大理石底座上如汉白玉石质的白色叶利钦雕塑，就在鲍里斯·叶利钦大街3号的建筑工地院内。

工地院门外的工程项目图上，能看到建成后的黑白两色的现代建筑上悬挂的名称：叶利钦中心（Ельцин Центр）。叶利钦雕塑就在台阶前，距离院门十米左右的位置。

二〇一二年，红色乌拉尔之都的激进分子，用蓝色油漆涂污了俄罗斯首任联邦总统的雕塑，镶嵌在黑色基座外的 Ельцин 字样也遭破坏。也许是这次事件的影响仍未过去，也许只是建筑工地不得擅入，

叶利钦雕塑

院门内岗亭里值守的保安，坚拒我走近拍摄的请求。

年轻人和他的女朋友在相距不远的街口与我分别，不能再帮我说项。还好有院内一位看热闹的戴着安全帽的工人，可以说几句简单的英语，出门来同我寒暄。他是塔吉克人，与许多同族由杜尚别（Душанбе）来叶卡捷琳堡工作。他同样有着中亚人的热情，得知我的来意，热情地替我向保安担保。俄罗斯保安神色冷漠地不置可否，但没有再阻止我。

一分钟，过片两次，他已经走到我身边，极不耐烦地双手交叉在胸前表示禁止，不再允许我拍摄。

我有些遗憾，在那一分钟，一朵云正遮住总统身上的阳光。

我无法只在一分钟的时间里，等到阴与晴的变换。

那需要很久。

滴血大教堂

后来我略有些安慰，直走回滴血大教堂，阳光也始终没有再出现。

云层越来越厚。离开新西伯利亚的时候，气温只有五度，昨天初到叶卡捷琳堡的时候，气温陡升至二十一度。

今天多云，十五度。

教堂二层正在维修，底层走上二层的台阶，在入口处轻轻拦起一道细绳，以示禁止入内。但我还是跨过绳子走上了台阶，台阶环绕着右手边的尼古拉二世与他的家人雕塑而上。

二十三级台阶，是伊帕季耶夫住宅楼上走到楼下的台阶数。苏联时代，曾经出版有一本马克·卡斯维诺夫（Марк Константинович Касвинов，1910-1974）所著的关于尼古拉二世在叶卡捷琳堡的命运的书，书名就叫作《拾级而下的二十三级台阶》（*Двадцать три ступени вниз*）。

两年后，当时的伊帕季耶夫住宅卫队长，雅克夫·尤罗夫斯基（Яков Михайлович Юровский，1878-1938）在一份说明中记录了尼古拉二世和他的家人拾级而下二十三级台阶以后所发生的事情：

（一九一八年）七月十六日，彼尔姆发来一封电报，用事先约定好的暗语下达了消灭罗－诺夫（罗曼诺夫）一家的命令。最初〔在五月初〕是想对尼古拉进行审判，但由于白军日愈逼近，这样做已经不可能了。十六日晚六点，菲利普·戈－金（菲利普·戈洛谢金，Филипп Исаевич Голощёкин，1876-1941，时为乌拉尔地区苏维埃军事委员）下令执行这个命令。按计划半夜应来车将尸体拉走。六点钟，把男孩子（列昂尼德·谢德尼奥夫，Леонид Иванович Седнёв，1903-1942，帮厨，同时也是皇储阿列克谢的玩伴）

带走了，这使罗－诺夫一家和他们的人十分不快。博特金医生（叶夫根尼·博尔金，Евгений Сергеевич Боткин，1865-1918，自愿与尼古拉二世全家一同囚禁的私人医生）甚至来问为什么要这样做？对他解释说这孩子的叔叔被抓走后逃了回来，想看看他的侄子。这个男孩第二天就被送回老家了〔我想是在图拉省〕。十二点卡车还没有到，一点半时它才到达。这就推迟了执行命令的时间。这时，一切已准备就绪：挑选出十二个人来执行判决，每个人都配有左轮手枪〔包括五名拉脱维亚人〕；其中有两名拉脱维亚人拒绝向姑娘们开枪。车来的时候，大家都在睡觉。博特金先被叫醒，他再把其他人都叫醒。向他们是这样解释的："由于城里的情况不安定，罗－诺夫全家必须从楼上搬到楼下。"半个小时后，他们穿好了衣服。在楼下选了一间墙上涂着灰泥木板的房间〔为了避免（子弹）来回弹飞〕；所有的家具都搬了出去。支队的人在旁边的房间里做好准备。罗－诺夫一家一点儿也没有怀疑。卫队长（说明以第三人称书写，卫队长即尤罗夫斯基本人）一个人亲自把他们带到楼下的房间里。尼古拉抱着阿（阿列克谢）；其他人拿着小枕头和其他零星物品。走进空荡荡的房间里后，亚·费（亚历山德拉·费奥多罗芙娜）问道："怎么，连把椅子都没有？还不准人坐下吗？"卫队长命令拿两把椅子来。尼古拉让阿坐在一把椅子上，亚·费坐在另一把上。卫队长命令其他人站成一排。当他们都站好后，他把队员们叫了进来。队员们进来后，卫队长对罗曼诺夫一家说，鉴于他们在欧洲的亲戚们仍在继续侵略苏维埃俄国，乌拉尔（地区苏维埃）执行委员会已颁布法令枪决他们。尼古拉先转过身，背对着队员们，看了看他的家人，然后好像在让自己镇静下来，又转身向卫队长："什么？什么？"卫队长又快速地重复了一遍，命令队员们做好射击准备。队员们事先已得到命令向谁开枪，并直接瞄准心脏，这样做一是避免流血过多，二是为了一枪毙命。尼古拉再次转身看着全家人，这次他什么也没说；其他人发出了几声语无伦次的叫喊；这一切只有几秒钟。然后枪声响了；（枪声）持续了两三分钟。尼古拉被卫队长本人一枪毙命。亚·费在他之后也立即死去，其他罗曼诺夫家的人〔一共十二个人被枪决（事实是十一个人被枪决）〕：尼，亚·费，四个女儿〔塔吉亚娜，奥莉加，玛丽亚和阿娜斯塔西娅〕，博特金医生，仆人特鲁普（阿列克谢·特鲁普，Алексей Егорович Трупп，1856–1918），厨师季霍米罗夫（实际是伊万·哈里托诺夫，Иван Михайлович Харитонов，1870–1918），还有另一位厨师（尤罗夫斯基记忆错误，并没有其他厨师被枪决），一位侍女，卫队长不记得她的姓了（实际是亚历山德拉的贴身女仆安娜·杰米多娃，Анна Степановна Демидова，1878–1918）。阿和他的三个姐姐，侍女和博特金没被打死。还得再向他们开枪。这使卫队长十分惊讶，因为瞄准的都是心脏。此外，令人惊奇的还有手枪子弹像碰上什么东西似地弹了出来，房间里像下了一场弹雨。当他们试图用刺刀解决一个姑娘时，刺刀居然穿不透她的胸衣（女儿们穿着缝满钻石和其他宝石的胸衣）。正因为这些原因，整个过程包括"检查"〔摸脉搏等〕用了大约二十分钟。

那天，就像尼古拉二世初来的日子，又是星期二。

他与他的孩子们，并不知道等待着他们的将会是什么。入睡之前，他写下了最后的日记：

　　灰暗的早晨。后来阳光明媚。小孩子有点儿感冒。所有的人上午都出去了半个小时，奥莉加和我收拾了一下我们的药品（珠宝）。塔给我读《宗教读物》。他们出去了，塔陪着我，我们读了《使徒阿摩司书和使徒俄巴底亚书》。编织。每天早晨卫队长都到我们房间里来。一星期后终于又给小孩子送来了鸡蛋。

　　八时晚餐。

　　连卡（列昂尼德）·谢德尼奥夫突然被叫去见他的叔叔，匆匆地走了——怀疑是否真是这回事，这孩子还会回来的！和娜玩了纸牌。

　　十点三十分上床安歇。十五度。

20

一天的雨与寒风之后

又下雨了。

又下雨了，红色乌拉尔冷得像是白色西伯利亚。

一夜秋雨，满地黄叶，甚至积水，也被堕落其中的黄叶染枯了。

如果这是我的家，我一定就在暖气充足的屋子里躺上一天。躺在床上，拉起被子妥妥地盖住肩头，再伸出一只脚散热。什么也不做，就看着窗外的风急雨骤，风雨摇晃着院里的白桦，然后拾起摇落的枯叶一片一片粘在窗上。

今天，我是旅馆里唯一的房客。革命前，切柳斯金采夫大街就是叶卡捷琳堡的北部边界，所以附近的旅馆，除了搭乘列车方便，并不适宜游客居住。我的旅行漫无目的，选择旅馆也只贪图便宜，并非我不谙穷家富路的古训，只是价格低廉的小旅馆里，才能遇到更多有趣的房客。我的旅行，也许只是为着与更多的人相遇。而非风景，而非永远在那里的风景，只有相遇的人们才是私属于我们的独特经历，无可预料，无可复制。

但是在叶卡捷琳堡，我选择的旅馆也许因为偏僻而鲜有房客。电子邮件预订旅馆的时候，房东特别要求我写明准确的到达时间。后来才了解到原因，可以说英语的女房东另有工作与住处，所以需要专程赶来旅馆处理房客入住事宜。用来经营家庭旅馆的公寓，属于她的老父亲。像新西伯利亚那种客厅几乎可以忽略不计的苏联时代的公寓楼，三间卧室，我住在窗向院内的双人间，窗向街道的主卧改作四张双层床的多人间，隔壁另一间最小的卧室里，住着她的老父亲。苍老的，佝偻的，总是穿着睡袍拄拐在房间里踽踽走动的老父亲，帮忙处理些简单的日常事务，比如告诉房客哪盏灯的开关在哪里，哪些物品可以免费取用以及如何打开房门上那把形制奇异的锁。其他时候，他就坐在堆满杂物仿佛储藏间的卧室里，一张床头顶在门后的双层床，一把竹椅，窗下一张书桌，书桌上一台很小的电视机总是打开着，声音让我总以为旅馆哪里的角落里藏着一只窸窸窣窣的猫。

　　他应当很少下楼，甚至很少走出卧室房门。只有早晚，我能听见他在厨房里烧一壶水，微波炉里随便加热些什么，只是片刻。厨房里有一张餐桌，但他只是把食物端回卧室里，也许自己的家改作旅馆以后，厨房更应当留给房客公用。他的全部生活，就在那间狭窄的卧室里。除此之外，一切公共区域看不到任何关于他生活在那里的痕迹。我几次借故去打扰他，我知道我无法和他说些什么，我只是按捺不住我的好奇心想窥探些什么。比如窗下的桌上，有没有他年轻时的照片，或者年轻时和一位美丽的姑娘的结婚照，但是什么也没有，除了一台很小的总是打开着的电视机。

　　一个人可以只生活在一间一张床宽的小卧室里——容纳自己，容纳自己的一生以后，依然可以空空荡荡。

　　依然可以空空荡荡，虽然连双层床的上铺也堆满了杂物。

我还是出门了，红巷里满地枯黄的积水。

又在雨中走过滴血大教堂。我在预订的时候并不知道旅馆的偏僻，只知道那家旅馆是我能找到的距离滴血大教堂最近的，这是我一路以来目的最明确的旅馆预订。同样的，叶卡捷琳堡也是我旅行目的最明确的城市，因为滴血大教堂，因为尼古拉二世。

无论有什么样的政治错误，尼古拉二世不应当被非法处决；不论尼古拉二世有什么样的政治错误，他的家人，他的朋友与仆人不应当被非法处决。

二〇〇八年，俄罗斯最高法院正式为尼古拉二世平反，宣布其与其家族为苏联政治迫害的牺牲者。虽然这更多只是象征意义上的，但无疑也是代表了现在俄罗斯是如何看待这一切的。至于普通的俄国人，他们建起了滴血大教堂。

教堂底层大厅门外转上二层的台阶旁，尼古拉二世与他的家人雕塑中的场景，尼古拉二世悲伤地捧着死去的阿列克谢的尸体，这是真实中的虚构，确如这一幕的场景并未发生过。尼古拉二世深爱着他的孩子，但是他并没有亲眼看见他们死去，没有看见他们被焚烧，没有看见他们被抛弃。

后来，他们支离破碎的遗骸终于又被找到。一九九八年，拆除伊帕季耶夫住宅的俄罗斯联邦总统叶利钦签署命令，隆重安葬尼古拉二世与他的家人于圣彼得堡彼得保罗大教堂（Петропавловский собор）。那座教堂，是他们的直至彼得大帝（Пётр Великий）的所有祖先的魂归之所。

最后，叶利钦在回忆录中是这样斥责伊帕季耶夫住宅的拆除事件的：

　　……我们早晚将会为这样的残暴行径而感到羞愧。即便羞愧，终也于事无补……"（…Рано или поздно всем нам будет стыдно за это варварство. Будет стыдно, но ничего исправить уже не удастся…）

再提起搭乘有轨电车或者地铁游荡，已经会让我感觉羞愧。可是在这样阴冷的雨天，不如此又能如何？

叶卡捷琳堡的有轨电车车票售价二十三卢布，果然越近莫斯科物价越高昂。相对于密布城市之中的电车轨道，一九九一年通车的叶卡捷琳堡地铁则简陋许多，一条线路，九座车站。

红色乌拉尔人民激进的革命传统，果然是与生俱来的。俄罗斯地铁车站，总会在月台底层所有上下电梯之间设置操作间，有值守的工作人员，凭目视与监视器管制电梯运行的数量与速度。叶卡捷琳堡地铁电梯操作间内的乌拉尔大妈把电梯开得交通警察看见要贴超速罚单。电梯上的一枚枚乘客，在最短的时间内被发射出站。

地铁车厢更是几乎被超速罚单糊满，地铁司机从来不知道匀速运行为何物，出站以后疯狂加速，直至在下一站前急踩刹车。尤其是在机械制造厂（Машиностроителей）与乌拉尔（Уральская）两站之间，地铁加速到车厢内气压陡变，刺耳的噪音因为鼓膜不适而忽然变得模糊不清。我不小心坐在车厢座椅的最前端，我担心如果地铁司机急刹车，后半车厢的人们会飞起来糊在我的身上，就像糊在车厢上的那些超速罚单。

后来在列宁大道49号，我找到一间可以安全避雨的书店。

书店正对着门的几排书架上，满满地码放着政治类书籍。关于苏联的书籍依然是畅销的，许多书籍封面都装饰以列宁同志以及斯大林同志的肖像，宣传海报一样难以忽略。苏联解体之后，俄罗斯联邦的出版以及言论禁忌已经大为减少，但是经历过苏联时代的人们，在面对曾经的禁忌的时候，依然小心翼翼。我想，这大约是斯德哥尔摩综合征的一种。

　　昨天，在紧邻叶卡捷琳堡市政府大楼东侧的三月八日大街（ул. 8 Марта）向东，走到马雷舍夫大街（ул. Малышева）的转角，路旁遇着一爿旧书摊。旧书摊的主人，米哈伊尔（Михаил），是一位颇有儒雅风度的俄罗斯中年人。灰发短须，微有些谢顶，戴着金丝边眼镜，昨天天气温暖，只穿着一件圆领羊绒衣。羊绒衣的领口有些松懈，破损的秋衣领口喧宾夺主地敞在外面。书摊上出售的全部是俄语书籍，还有几册苏联时代的流通硬币与纪念币。我感兴趣的，是他单独摆放在墙角的包括斯大林同志的几本政治人物传记，以及一本以索尔仁尼琴的整幅黑白肖像作为封面的小说。我示意可否近距离拍几张那些书的照片，米哈伊尔微笑着点头应允，但却补充一句："No internet"。

列宁大道书店里的斯大林传记

虽然我把几本书的照片放在互联网上对他不会有任何影响，然而潜意识里，他可能依然有着就像安德罗波夫对于伊帕季耶夫住宅那样的担心，可能会被用来进行"反苏宣传"。这是模糊的，却是接受教化后的潜意识，就像他特别把那本斯大林同志码放在几本书的最底层一样，半遮半掩，谨慎有加。

不少过往的行人，对于米哈伊尔与他的书摊都很熟悉，匆匆一瞥，看见有兴趣的新品，会驻足与米哈伊尔略做讨论。书摊旁边，是一位出售自织毛线袜的憔悴的老妇人。米哈伊尔闲下来的时候，会和老妇人聊上几句，最初我远远看见的时候，还以为是一起在路旁摆摊讨生活的母子俩。

米哈伊尔可以说些英语单词，他告诉我，每个周末，如果天晴，他就一定会在那里。

米哈伊尔的书摊

索尔仁尼琴的《无义者不成村》

　　我决定买下那本索尔仁尼琴，印刷在书脊上的书名是《无义者不成村》(*Не стоит село без праведника*)。但是如果书中只收录这一部后来更名为《玛特辽娜的家》(*Матрёнин Двор*)的中篇小说，似乎不应当有那么厚重。可能是索尔仁尼琴的中短篇小说作品集，就像这部小说的中文译本同样也收录在作品集而非单行本。中文作品集书名选用的是索尔仁尼琴更具政治色彩也更为著名的另一部中篇小说《伊凡·杰尼索维奇的一天》(*Один день Ивана Денисовича*)——伊凡·杰尼索维奇·舒霍夫(Иван Денисович Шухов)，苏联劳改营里努力求生的劳改犯，因为在伟大的卫国战争中成为德国俘虏而被以叛国罪判处十年徒刑。他的许多难友中有一位布伊诺夫斯基(Буйновский)，因为曾经做过红海军的水兵而被犯人们称作"海军中校"——米哈伊尔努力向我证明这本书值得一个较高的报价，他特别指给我看版权页上的出版年代：一九九〇年。那时候依然是苏联时代，所以苏联时代出版的异议作家的小说，更有收藏价值，而且品相也的确如同新书。

去年我在莫斯科著名的阿尔伯特大街（ул. Арбат）上的旧书摊，买过一本一九四〇年出版的破旧的医书——我同样只字不识，如果不是其中的内科插图我甚至不知道是一本医书。我只是喜欢那本书上所记载的关于岁月的痕迹：焦黄的书页，脱线的布面，雨浸的水渍，还有当它沉寂的七十年里，身上一本斜放着的更小的书遮挡出的印迹。那本书，阿尔伯特大街的书商向我索价四百卢布，这是我关于在俄罗斯一本旧书售价的所有知识。米哈伊尔合起书，拿在手里，尽量诚恳地告诉我他希望的售价：两百卢布。

低于我心理预期，立即成交。

米哈伊尔很开心，把书交给我的时候，再次指着封底让我注意。那是这本书的原价：七卢布。我明白他的意思，我努力告诉他两百卢布是一个公道的价格。我当然理解卢布是在不断贬值，就像我每次从银行取出一万卢布以后，看到相应的人民币扣款金额总是在不断减少一样。

今天在列宁大道的书店，我才真正去注意俄罗斯的图书售价，我才知道新书的售价有多么昂贵。政治类书籍中，普通一本的售价都在六百至八百卢布，几乎是我在之前任何一座城市两晚住宿的价格。

所以后来雨有停歇的时候，我又走回米哈伊尔的书摊所在的路口。我知道他一定不会在那里，因为一天的雨。只是抱着一些隐约的侥幸，如果能够再遇见他，我一定把那几本领袖同志都买下来，为他也为我自己。

滴血大教堂后面的大街，以德国社会主义政党德国社会民主党

（Sozialdemokratische Partei Deutschlands，SPD）创始人之一卡尔·李卜克内西（Karl Liebknecht，1871-1919）为名。从列宁大道向北转入卡尔·李卜克内西大街（ул. Карла Либкнехта），直走到滴血大教堂所在的高台上，街旁正对着教堂的是一座名为"乌拉尔共青团"（Комсомолу Урала）的雕塑，年轻的女共青团员与共青团男旗手，阔步向前。而在乌拉尔共青团身后更深处的坡上，又是始建于一七九二年的叶卡捷琳堡历史最久远的东正教教堂——升天教堂（Вознесения Церковь）。政治的与宗教的，革命的与保守的，现代的与传统的，无比诡异地交错在一起。大约也就是俄罗斯的现状，并存着迥异的秩序，被频繁颠覆又重构的秩序，过客眼中的矛盾，也许就是生活于其中的人们的无所适从。

谁知道呢？

我在叶卡捷琳堡最后的时间，都消磨在了卡尔·李卜克内西大街。36号，是乌拉尔摄影师韦尼亚明·梅滕科夫（Вениамин Леонтьевич Метенков，1857-1933）的照相馆。建于十九世纪的照相馆，结构颇为奇特，底层砖石结构，二层却是木屋。木屋里有着主题名为"在乌拉尔"（On the Urals）的梅滕科夫摄影作品展，参观票价一百五十卢布，旅程将尽时我才花销了第一笔门票钱。影展有些无聊，看不懂注解，具有史料价值的摄影变得索然乏味。反倒是外间展出的苏联时代体育题材的单幅作品，可以简单地观赏。

我最喜欢的，是名为赫麦列夫切夫（Е. Хмелевцев）的摄影师拍摄于沃罗涅日（Воронеж）的站在体育馆内高低杠上的四个学体操的小姑娘。吸引我的，除了画面中人物的动态，还有放大成像后的模糊与各种光学缺陷，有着强烈的因为产品质量问题而导致的苏联摄影风格。

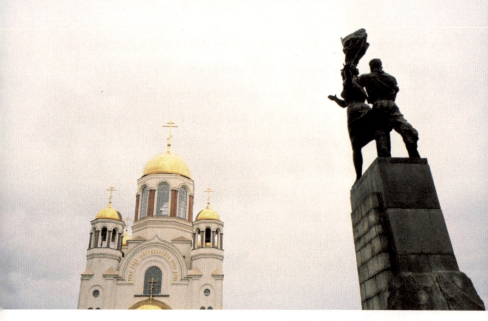

乌拉尔共青团雕塑与滴血大教堂

　　我长时间使用过苏联生产的相机与镜头，我了解那种风格，唯一遗憾的是我没有使用过苏联生产的胶片。一楼仍然是照相馆，是我平生踏足的年代最久远的照相馆，自一八九六年搬迁到这里，一百多年来甚至门牌号码都没有过变化，只是路名由宗教的沃兹涅先斯基大道（Вознесенский Проспект）——沃兹涅先斯基大道因升天教堂而得名，"沃兹涅先斯基"同源自"升天"（Вознесение）——换成了革命的卡尔·李卜克内西大街。临街的橱窗里，有一些二手苏联相机，可惜大多品相不佳，而且价格未免惊魂。但是我却买到不少早已停产的苏联胶卷，曾经在苏联最为普及的斯维玛牌（Свема）胶卷。印刷粗糙的纸壳里，胶卷只是简单地包裹在锡箔纸里，甚至没有暗盒。

　　一九九三年生产的胶卷，早已不堪使用，只是留作一个纪念，纪念终将过去的时代。

无论是胶片那样的时代，还是苏联那样的时代。

好不容易买到的去往莫斯科的列车车票，又是069次。

离开乌兰乌德时搭乘的069次列车，进站叶卡捷琳堡火车站的时候，已是深夜十点。

而接下来，069次列车还会有全程最漫长的一次停站，六十二分钟。

车厢里已经熄灯，旅客大多也已入睡。我买到的是32号上铺，摸黑一张铺位一张铺位地数过去，路过23号下铺时，还特别张望了一眼躺在铺位上的旅客。是一位年轻的俄罗斯人，不是亲爱的奇斯佳科娃·瓦连京娜。

那么的巧，我的车票依然是在十号车厢。安置好背包我返身站上月台，看着车厢就像看见那天去往伊尔库茨克的时候，我和老太太一起张望着窗外，张望着窗外的贝加尔海，还有叶卡捷琳堡月台上的我。

将近午夜，夜已晴朗。一天的雨与寒风之后，明天的叶卡捷琳堡又将是我初来时的模样。

晴朗的夜空依然是深蓝色的，深蓝色的夜空有几缕白色的云，有几颗黯淡的星。

还有离开伊尔库茨克时的那轮圆月，旧得只剩下半边。

"喂，海军中校，照你们的科学来说，往后旧月亮藏到哪里去呀？"

……"那么，照你的意思，"海军中校觉得诧异地说。"每月都是新月亮吗？"

"这有什么奇怪？人都是每天在生，四个星期生一个月亮不行吗？"

"呸！"海军中校唾了一口。"还没有见过一个这么笨的水兵哩。旧月亮究竟上哪儿去了？"

"这我正要问你呀，它上哪儿去了？"舒霍夫笑着说。

"啊？上哪儿去了？"

舒霍夫叹了口气，含糊不清地说：

"我们那里都这么说：上帝把旧月亮弄碎了做了星星。"

……"上帝为什么做这个？"

"为什么？"

"为什么把月亮弄碎了做星星？"

"嘿，你怎么不懂呢！"舒霍夫耸耸肩膀。"星星经常往下掉，需要补充嘛。"

21

我已与一万亿株白桦相逢

克兹（Кез）。

东欧平原乌德穆尔特（Удмуртия）东北的克兹，一八九七年随着西伯利亚铁路而建的小镇。

空无一人的小镇，空无一人的火车站，只有无尽的雾，无尽的浓雾。

这是一路而来，雾最浓重的一天。窗外仿佛覆满积雪，白茫茫一片，隐约依然有着世界。

列车缓缓向前，隐约在雾中的世界，除却白桦与木屋，还有一些鬼魅般巨大的钢铁机械，或者灌木丛后影影幢幢早起的路人。

巴列济诺火车站（Балезино）。

站在穿越铁路的天桥，依然没有探身在浓雾之上。只是终于可以看清浓雾中的人们，当他们与我错身而过的时候。裹着厚实的冬衣，穿皮靴的老人骑着自行车，这场景似乎有些荒诞，我明明站在空中。

桥下是许多西伯利亚铁路列车，车首与车尾藏匿在远方的浓雾之中，也许径自走了，谁又能知道呢？昨夜，十号车厢紧邻乘务员室的

巴列济诺火车站天桥

1号下铺，住着一个漂亮的俄罗斯姑娘，可是她却早早地在巴列济诺下车，只穿着黑色短裙与薄薄的黑色丝袜，手里拿着黑色的记事本，行李只是一个红色的背包，我想她也许就是在巴列济诺火车站工作的俄罗斯铁路员工。

我匆忙拿起相机跳下月台，冲上天桥，却已经看不见她。

只有无尽的浓雾，隐约的世界。

已经是在欧洲了。

离开叶卡捷琳堡，午夜途经的西伯利亚铁路1766公里的里程牌，是亚洲与欧洲的分界点。乌德穆尔特共和国（Удмуртская Республика）的克兹与巴列济诺，属于俄罗斯欧洲部分东南部的伏尔加联邦管区（Приволжский Федеральный Округ）。

去年午夜停站巴列济诺，就像今年的清晨这样寒冷，没有旅客上下，却有漫长的等待。巴列济诺只是如同克兹的另一座小镇，却是彼尔姆至基洛夫区间最大的火车站。大站的意义，并非在于旅客，而是对于列车。西伯利亚铁路列车将要在巴列济诺停靠二十三分钟左右例行检修，并且将列车电力发动机的工作模式进行切换，以适应彼尔姆与基洛夫方向的不同的交流与直流供电方式。

极冷的清晨，匆忙下车以至于没有来得及穿上外套，站在天桥上片刻已经感觉失温。月台上抽烟的俄国人，向来蔑视寒冷的俄国人，同样抖若筛糠。几辆蓝色的出售食物的手推车，玻璃上覆着薄薄的冰。还有湿漉漉以及饥肠辘辘的流浪狗，可怜巴巴地左右张望。

车厢里空去一半，许多旅客大约都是在凌晨停站的彼尔姆下车。与我昨夜同在叶卡捷琳堡上车的其他旅客又同时消失，只有更早上车的对面29号下铺的老太太，依然如我昨夜上车时那样端坐在那里。

一片寂静。

也许是因为无尽的浓雾，遮蔽了参照物，总觉得行驶在东欧平原的列车速度更慢。不像是在西伯利亚，抛却无数白桦在窗后。行驶缓慢，列车无法忽略轨道的每一处忐忑，将每一处忐忑都恪尽职守地换作车厢的摇晃与鸣响。

但是，这却更加安静。

没有下车的旅客，许多还在沉睡。相邻的卧铺敞间，下铺躺着的都是胖胖的中年俄国女人。列车上的枕头太低，无法让她们在躺下时保持呼吸道的畅通，不幸的是她们又各自打得一手好呼噜，我之所以恰在列车停站克兹时醒来，正是拜她们荡气回肠的鼾声所赐。反而列车行驶起来，摇晃的车厢可以让她们安静下来。

于是，在寂静的列车里，看着什么也看不清的窗外，我不断回想起一路以来的旅程，风景或者人，漫无头绪地出现在思想中。

> 雾茫茫的早晨，灰蒙蒙的早晨，
> 忧郁的田野已被大雪封冻，
> 你无意中想起往日的岁月，
> 想起那些早已忘却的面孔。
>
> 你想起那说不尽的热情的言语，
> 那如此贪婪又羞于捕捉的眼神，
> 那最初的会晤，那最后的相遇，
> 还有那低言细语的悦耳的声音。
>
> 当你倾听着车轮喋喋不休的诉怨，

当你沉思地注视着广阔的青天，

你会想起那与奇异的微笑的别离，

想起遥远故乡的许许多多东西。

这是俄罗斯伟大的屠格涅夫（Иван Сергеевич Тургенев，1818-1883）写于一八四三年的一首诗：《在旅途中》。一百六十年的时间不知道改变了这个世界多少，但是又似乎并没有改变这个世界多少。

在屠格涅夫的旅途中封冻世界的大雪，是在今天封冻我的世界的浓雾。

直到格拉佐夫火车站（Глазов）之后，在切普察河（Чепца）河谷，阳光终于从西伯利亚赶来，攀上乌拉尔。浓雾渐渐冲淡，可以看见河谷间的木屋。格拉佐夫的院子里总要在一角种上一圃雏菊，还有涂刷着白漆的，用铁皮钢筋自制的秋千架与旋转座椅，散落在蔬菜花草间如同落叶松林中的白桦一样醒目。

在阳光下，木屋木头在夜里饱吸着的水雾，开始渐渐蒸发，每天如同一次新生，我甚至能看见木纤维中的水，看见木头由深棕变为浅黄。

列车里总有一位胖厨娘，挎一只竹篮，摆着土豆泥、玉米碎、沙拉、甜点和冰淇淋，价格甚至比街头的食品小店还要便宜。我从西伯利亚铁路的第一天买到了最后一天，我一路吃着她的土豆泥、玉米碎、沙拉、甜点和冰淇淋。玉米碎是最好吃的，我向你们保证，如果我说谎的话，22号上铺胖胖的留着斯大林式胡须的俄罗斯老人就会掉下来。

22号上铺胖胖的留着斯大林式胡须的俄罗斯老人忽然就从上铺掉下来，重重摔在地上。扶他还是不扶他？这个中国式命题让我陷入激烈的思想斗争之中。

彼尔姆火车站站前广场

其实只是一瞬间，虽然年纪不小但依然身体强壮的他已经自己坐起来，睡眼迷离地从衣兜里掏出一支烟，摇晃着向车尾走去，步法扎实。

空气太冷的缘故，天空中每一架飞越铁路视野的飞机，都拖着长长的白色水汽的轨迹，仿佛一枚枚垂直发射的弹道导弹。俄国令世界畏惧的洲际弹道导弹叫什么来着？白桦？还是白杨？

维亚特卡河（Вятка）畔的维亚特卡，一九三四年更名为基洛夫。就像伊尔库茨克的基洛夫广场，为纪念布尔什维克领袖谢尔盖·基洛夫（Сергей Миронович Киров，1886-1934）。基洛夫是苏联历史中极为重要的人物，他在戒备森严的列宁格勒市委所在地斯莫尔尼宫（Смольный институт）谜一般的遇刺身亡，直接导致了斯大林同志开始了他的被称为"大清洗"的苏联肃反运动（Большая Чистка）。

基洛夫也是日暮之前，069次列车停站的最后一座大城，许多人将会在基洛夫重逢与分别。

去年在莫斯科前最后的盛大重逢与分别，是在阿廖沙与他妈妈到达的下诺夫哥罗德。那天分别的，印象深刻的，还有一对年迈的俄罗斯夫妻。在列车上看起来风烛残年的老人，忽然换上一身笔挺的西装。所有人，所有将在长途跋涉以后到达他们目的地的俄国人，都会盛装走下列车。忽然我觉得他也没有看上去那么苍老，他挽着他臃肿的妻子。我想那一如他们当年在某座金顶教堂时的模样，那天天晴，他们步履轻盈。

29号下铺的老太太终于也要下车了，她把一直用来比照车站与时间的打印在纸上的列车时刻表留给了我。看得出来，她是从遥远的西伯利亚的济马火车站上车。我帮她把沉重的行李送到月台上，她拥抱我说着感谢的话语，我们微笑着别离。

在基洛夫火车站上车的旅客，买到的都是边铺。接近莫斯科的欧洲地区，人烟稠密，城市密集，更多的人搭乘列车只是短途旅行。依然空着的下铺，车票一定在前方哪里售出，不会就这样一直空到莫斯科。

我的敞间的边铺39号下铺，是一位五十岁左右的女人，站在窗前，默默看着窗外。窗外的月台上是她的老母亲，同样默默地站在那里，彼此默默凝视对方。女人想伸手放在车窗上，这样她的老母亲可以隔着玻璃摸着她的手。可是，靠近月台的却是横铺的一侧，她的身前有两铺之间的小桌，她试着伸出手，却够不着。

19号下铺将近中年的女人，她的丈夫送她上车。那会儿列车已经停站许久。男人匆匆安置好行李，返身下车。女人跟到月台上，两人面对面站在一起心事重重地抽起了烟。并没有说话，可是不过刚抽了两口，乘务员已经开始提醒月台上的旅客上车。他们这才猛然醒悟别离将至，于是热烈拥抱、亲吻，然后女人上车，直到无法继续牵到男人的手。

列车缓缓开动。

她们彼此匆忙地飞吻告别。老母亲蹒跚跟了两步，转瞬被远远甩下。

当车窗外的老母亲被甩开，出现在窗外的男人也放慢了追赶的脚步。他们彼此已经见不到，男人是在拭去眼角的眼泪。手指依然捏在那里，压制着泪腺。

这是我在俄国的月台上，第一次看见有人在哭。

不是我路遇的第一场雾，也不是我所见的第一场别离。

但是我却有些伤感，可能是因为这场别离，不再只是他人的别离，也是关于我的别离。

明天凌晨，列车就将到达终点，莫斯科。我将与西伯利亚铁路别离，我也将与这一路以来的一切别离，风景或者人。

这一切曾让我那么快乐。

好吧，列车穿过维亚特卡河，伤感穿过第一座铁路桥。

继续旅程。

基洛夫之后，069次列车不会西去下诺夫哥罗德，而是向西北，经由雅罗斯拉夫尔（Ярославль）南下莫斯科。称之为北线的西伯利亚铁路行驶路线：符拉迪沃斯托克—克拉斯诺亚尔斯克—新西伯利亚—鄂木斯克—秋明—叶卡捷琳堡—彼尔姆—基洛夫—雅罗斯拉夫尔—莫斯科。与西伯利亚铁路新线相比，基洛夫与莫斯科区间是唯一的不同。

29号下铺的旅客，在基洛夫州西部的科捷利尼奇火车站（Котельнич）上车。是一位庞大的俄国人，身高在一百九十厘米以上，体重在两百公斤左右，这是非常右翼的保守估计。他带着一台电子阅读器，不知道是什么书有着那么大的吸引力，无论他如何变换乘车的姿势，阅读器却始终不离眼前。

他的容貌与典型的俄罗斯人有着显著差异，不知道是不是乌德穆尔特共和国的属于芬兰人种的乌德穆尔特人（Удмурты）。可以确定的是他一定因为身体超重收到医嘱，所以饮食相当节制。午餐只是两枚白煮鸡蛋，两只刷油烤过的素馅包子。令我震惊的是他沙包一样大的拳头，捏在手里的鸡蛋仿佛只是可怜的鹌鹑蛋。

叶卡捷琳堡旅馆院门外不远处的红巷路旁，有一家食品超市，物品丰富，而且价格低廉——相对俄国餐馆而非中国超市而言——傍晚路过，我总会在超市里买些食物带回旅馆当作晚餐。超市生意兴隆，

旅客

门外拴满了与主人同来却又被禁止入内的狗，大大小小，神情愤懑。我会买我和鸽子吃的白面包，一种微波炉加热后像是热油新炸的美味的酱排骨——美味与健康相悖，是自然界维持物种平衡的守则——白水煮到软烂的健康但是难吃的各种蔬菜，以及果汁。俄国的所有超市食品中，可能只有纯果汁的价格低于中国，而实体水果价格昂贵到我会在开往新西伯利亚的列车上因为分给卡米拉一只苹果而感觉心疼。俄国人总以黄瓜和西红柿充当水果，实在也是事出有因，而我也确实是在超市里观览完所有的水果价签后，只买了一袋黄瓜聊以自慰。

昨天采购旅途食物，想起去叶卡捷琳堡时列车上的那位白发老人，想起他的精致食物，于是有模有样地买了一份。还有两盒牛肉罐头，我在瓦伊涅拉步行街的刀铺里花了三千卢布买了一把德国产折叠刀，我迫不及待地要像俄国人那样切香肠与开罐头。顶级的香肠，切开的半尺长一段密封在塑料袋包装里，切面仿佛飘落些细雪的绛红色的大理石。

我躲在没有人的卧铺敞间吃我的午餐，我不想刺激可怜的节食者。更重要的是，我也不想丢人。我没有在那家超市里看到有白发老人那种精致盒装的黄油，只是在冷藏货架上随便拿了一种普通的油纸简装的黄油。这实在是一个无比愚蠢的决定，一夜暖气充足的列车旅行之后，融化的黄油淹没了食品袋里的一切。不想丢人，只好躲起来吃我特别的黄油面包、黄油香肠、黄油方便面还有黄油土豆泥。然后黄油手持黄油刀，切开我的黄油铁皮罐头。太滑了，险些切下我的黄油左手大拇指。

越近莫斯科，上下列车的旅客越多，即便是再小的火车站。许多小火车站也开始有不短的停站时间，沙里亚火车站（Шарья），十分钟。十分钟里，天色阴沉到列车里居然特别打开了车灯。

却在出站以后，又渐有阳光。不断变换阴晴，只是每一次阴沉后的晴朗，是越来越黯淡的晴朗。

将要入夜，没有乘务员的提醒，我也知道我的别离在即。

在停站五分钟的布伊（Буй），列车终于满员。我的敞间里住进的俄罗斯老妇人，衣装得体，颇有风度，不过却似乎是平生第一次搭乘列车出行。对于一切设施都有孩子般的好奇，也许是为让她感觉更有趣，唯独分发给她的床上用品袋里少了一件枕套。她确定我们都是有枕套的以后，向乘务员申诉。在我看来，这是非常容易处理的一件事情，再换一袋或者单独找一只枕套给她就是。没有想到乘务员却大费周章，与新的床上用品袋一起拿来的还有一份表格，旅客填写签名，她又逐项检查，再次询问电话号码核对无误之后，这才完成更换手续。与其说这是工作严谨，不如说是苏联式教条主义的子遗。

满员的列车里不再有隐蔽的进食空间，我的晚餐像节食者一样简单。真正的节食者的晚餐，除了鸡蛋与西红柿之外，只用一片切片白面包代替了多少还有些油脂的包子。面包片上也没有浇些该死的液体黄油，只是可怜巴巴地撒了一些盐。三两口吃完，从外套衣兜里掏出一支烟，愤然起身。

指望着顶灯照明的卧铺敞间，瞬间暗了下来。

我躺在上铺看我自己的书——我几次想和沙包手聊些什么，但是没有吃饱的沙包手都不理我，只是自顾自看他的阅读器。

我在看日本作家秋田雨雀（1883-1962）记录他一九二七年旅行苏联的《新俄游记》。

我喜欢他的一篇《到莫斯科去》的章节标题——进白桦之域。

我的旅行，也是进白桦之域。西伯利亚，白桦之域的西伯利亚，无尽的西伯利亚。乌拉尔之后，风景平淡许多。如果不是因为西伯利亚铁路并未中止，我更愿意在叶卡捷琳堡买一张返程的列车车票，返程西伯利亚。

还好，这一路以来，我已与一万亿株白桦相逢。

科斯特罗马州（Костромская Область）的加利奇（Галич），历史几乎可以追溯至一千年前。那么久远的历史，沉重得天空都是阴郁的。

人们站在破碎的水泥月台上喘息，候车楼前的长椅上坐着候车的老太太，脚下是她的行李，不知道将要去往哪里。

出站，转瞬而在眼前的是镇子后浩淼的加利奇斯科耶湖（Галичское Озеро），湖外是铸铁而成的山，山外是几隙努力试图穿透阴郁的最后的晚霞。

没有想到在一座平淡的火车站外，有一座在湖岸岭上可以俯瞰云水的镇子。像是贝加尔湖东岸的梅索瓦亚镇，不同的是西伯利亚铁路在梅索瓦亚与湖岸之间，而加利奇镇却是在铁路与湖岸之间。

列车在加利奇镇外寂静的山岭最高处。

夜，在寂静的山岭之后。

22

尾声

终点。

莫斯科雅罗斯拉夫斯基火车站（Ярославский）。

凌晨四点。

我与秋田雨雀感同身受：

> 我身上还感觉着西伯利亚火车的动摇。
> 我在莫斯科的夜市上走过。

我已与一万亿株白桦相逢

作者 _ 胡成

产品经理 _ 王光裕   装帧设计 _ 何月婷   产品总监 _ 贺彦军

技术编辑 _ 白咏明   责任印制 _ 刘淼   出品人 _ 吴畏

物料设计 _ 肖雯

果麦

www.guomai.cc

以 微 小 的 力 量 推 动 文 明

图书在版编目（CIP）数据

我已与一万亿株白桦相逢 / 胡成著. -- 成都：四
川文艺出版社，2022.9（2023.1重印）
ISBN 978-7-5411-6400-2

Ⅰ. ①我… Ⅱ. ①胡… Ⅲ. ①游记—作品集—中国—
当代 Ⅳ. ① I267.4

中国版本图书馆 CIP 数据核字（2022）第 120109 号

WO YI YU YIWANYI ZHU BAIHUA XIANGFENG

我已与一万亿株白桦相逢

胡成　著

出 品 人　张庆宁
责任编辑　王思鋐　谢雯婷
责任校对　段　敏
出版发行　四川文艺出版社（成都市锦江区三色路238号）
网　　址　www.scwys.com
电　　话　021-64386496（发行部）　028-86361781（编辑部）
印　　刷　北京盛通印刷股份有限公司
成品尺寸　145mm×210mm
开　　本　32开
印　　张　9.75
字　　数　234千
版　　次　2022年9月第一版
印　　次　2023年1月第二次印刷
印　　数　8,001—13,000
书　　号　ISBN 978-7-5411-6400-2
定　　价　98.00元